U0025892
噬血狂襲
STRIKE THE BLOOD
4
蒼藍魔女的迷宮
三雲岳斗
illustration マニャ子
Kadokawa Fantastic Novels

曉古城
「第四真祖」The Fourth Primogenitor
世界最強的「怠惰」吸血鬼

仙都木優麻
「魔女的女兒」Daughter Of The Witch
蠱惑全城的眞祖知交

姬柊雪菜
「劍巫」Swords - Shaman
獅子王機關的嬌柔監視者

叶瀨夏音
「模造天使」Faux-Angel
國中部的仁慈聖女
曉凪沙
「眞祖之妹」Sister of Primogenitor
天眞爛漫而聒噪的賢妹

煌坂紗矢華
「舞威媛」Shamanic War Dancer
優雅起舞的魔彈射手

拉・芙莉亞・立赫班
「公主」Princess of Aldeigia
冰雪聰明的白銀皇女

Contents

三雲岳斗
illustration マニャ子

噬血狂襲 STRIKE THE BLOOD

4 蒼藍魔女的迷宮

Kadokawa Fantastic Novels

序章

Intro

眼裡所見是盛夏的海洋。

人工島，「魔族特區」絃神市。在這座建於太平洋正中央的城市，夏季不會結束。蔚藍天空上飄著亮白明豔的積雲，平緩如鏡的海面被黎明照耀得眩目亮麗。

她隔著窗戶，默默凝望整片美景。

那是個十多歲的日本少女。體型修長苗條，長髮束成馬尾。肌膚白淨，髮色素也偏淡。她是嬌豔及優雅並具的美麗女孩，卻帶著一張莫名惆悵的臉。氣悶緊閉的唇，不時更看似疲倦地流露出嘆息。

視野一隅，有升空的飛機經過。

她們待在機場內的貴賓室。

那裡僅供政府要員及國賓等級的人物使用，也就是所謂的ＶＩＰ室。地板鋪滿長毛地毯，雅致的木紋牆壁崁著巨大電視螢幕。

仰望螢幕談笑的，是來自異國的客人們。

其中一人是金髮碧眼的俊俏男子，名為奧爾迪亞魯公，迪米特列・瓦特拉。

即使外表看來頂多二十過半，他的真面目卻是歐洲「戰王領域」的貴族，亦即血承第一真祖「遺忘戰王」的純正吸血鬼。

有個年輕女性面向這樣一位貴族青年坐著。

令人聯想到雪地的銀髮，以及帶著冰河般光彩的藍色眼睛。譽為美麗女神（芙蕾雅）再世的麗質少女，北歐阿爾迪基亞皇室的第一公主，拉·芙莉亞·立赫班——

「這個場面明明處於交戰狀態，卻在敵人面前變得毫無防備呢。透過更換裝備以取得戰術性優勢是可以肯定，不過臨陣運用時會構成問題吧。」

拉·芙莉亞公主望著電視播出的影像，說得氣定神閒。

身為皇族的她來自以悠久歷史和傑出魔導技術聞名的國家，同時她也是會用精靈召喚術的高階巫女。縱使和吸血鬼的貴族近距離面對面，仍沒有絲毫怯色。

另一邊的瓦特拉，同樣用認真無比的神情望著螢幕。

「這倒難說。這個場面的變身並非單純更換裝備，應該要視為物質轉換的一種吧？要是那樣，即使衣服沒有徹底具現化，也能維持防禦力。」

「表示她們的衣服並沒有消滅，而是在原子排列的轉換過程中呈現電離狀態嗎？」

公主貌似感興趣地點頭。在她凝視著的螢幕上，和巨大怪物對峙的少女們正搖身換上戰鬥型態。

「雖然咒力的消耗量也會跟著三級跳啦。」

瓦特拉語帶挖苦。不——否認的公主微笑著搖頭。

「靠著固定屬性，要減緩咒力消耗是可能的。只不過，考慮到物質轉換講究的精度，單憑施術者大概難以維持變身狀態吧。」

「啊，所以才需要輔助術式演算的道具嗎——」

煌坂紗矢華聽著兩人正色交談的內容，臉皺在一塊。那苦惱的表情彷彿自問著：為什麼自己非得待在這種地方？

紗矢華是攻魔師，在獅子王機關人稱「舞威媛」，詛咒及暗殺的專家。

也由於身為專家，紗矢華與同袍常負責保護容易被詛咒或暗殺的重要人物。這大概是基於以刺客對付刺客的道理。

這樣的她，目前的任務就是保護拉．芙莉亞．立赫班。

她是舉世知名的美麗公主。此行雖然屬於非公開訪日，對日本政府而言，她肯定是重要性極高的人物。何況同席的是迪米特列．瓦特拉這般「舊世代」的吸血鬼，擔任護衛者的責任又更加重大。獅子王機關自豪的最高階武神具——六式重裝降魔弓的使用者紗矢華會被派來，反而該說是天經地義的安排。

儘管如此，紗矢華的臉色卻顯得無精打采。

拉．芙莉亞和瓦特拉一本正經觀賞的是動畫頻道播映的變身少女兒童節目。他們倆看著穿了輕盈迷你裙的女生對抗壞蛋，認真地討論其戰術價值。雖然這實在和樂得無話可說，但紗矢華總覺得監視他們的自己蠢到不行，心情也為之鬱結。

順帶一提，保護公主的騎士團及瓦特拉麾下的年輕吸血鬼，都守候在貴賓室角落，而且全部緊盯著電視螢幕不放。

當中有人握緊拳頭為女主角們加油，也有人感動得落淚。正因為這群大老粗平時似乎並沒有機會接觸兒童動畫節目，感覺挺容易受到怪怪的影響，讓人看了不禁有些擔心。這也是紗矢華苦惱的原因之一。

「對了，公主。最近我耳聞一項古怪的流言。」

等片尾曲播完，瓦特拉忽然換了話題。他是用自言自語般不經意的口氣，瞬時間，貴賓室的氣氛卻陷入緊繃。

「據說有一支阿爾迪基亞的騎士部隊被祕密派到絃神島來了。」

「這流言會古怪嗎？」

公主出聲應和，笑容滿面地對他偏了頭。

「這座島上有我的姑姑在。雖說她已經喪失王位繼承權，仍是不折不扣的阿爾迪基亞皇族，總會需要最低限度的人手照料吧。」

「專程來這種邊境島嶼，卻要當國中生的保姆啊？聖環騎士團的精銳部隊也真辛苦。」

「我的姑姑叫人費心了。」

面對貴族青年挑釁的話語，拉．芙莉亞依然不改笑容。

公主的護衛騎士們則吞聲守候兩人交談。

這段閒聊聽似和樂，其實瓦特拉和公主正本著複雜的外交策略展開勾心鬥角。

絃神市住了一名叫叶瀨夏音的少女，是阿爾迪基亞前任國王的女兒。拉．芙莉亞以此為由，非正式地將阿爾迪基亞的騎士團派赴絃神市。

由王國的騎士團來保護皇族，並非什麼不自然的事。

但夏音既然和「世界最強的吸血鬼」讀同一所學校，那就另當別論。

用保護叶瀨夏音當名目，阿爾迪基亞皇室沒花什麼工夫就完成監視「第四真祖」曉古城的體制了。瓦特拉滯留在絃神市也為同樣理由，當然不會覺得痛快。大概正因為如此，他才會這樣婉轉地警告：「別玩多餘的花樣。」即使如此，公主仍平靜地睇眼望著瓦特拉。

「要提到這檔事，據說從戰王領域也陸續有重兵強將造訪島上。渥爾提茲拉瓦伯以及加坎卿，都是在夜之帝國名聲響亮的好戰派呢。」

「他們只是觀光客喔。畢竟絃神島快要舉辦大規模節慶了。」

瓦特拉不動聲色地回答。公主頭一次困惑似的蹙了眉頭。

「節慶？」

拉・芙莉亞眼睛發亮，使得紗矢華大感不妙地咬住嘴唇。猛一看，守護公主的騎士團長也神色凝重。

「哎，公主，啟程的時間就要到了。請準備搭機——」

紗矢華反應迅速地朝拉・芙莉亞耳語，硬是打斷她和瓦特拉的對話。看了紗矢華的慌張模樣，公主臉上越顯愉快。

拉・芙莉亞接下來預定會搭乘日本政府準備的專機返回阿爾迪基亞王國。只要將她送走，紗矢華的任務就能平安落幕。萬一這時候還透露多餘情報，讓她變更行程可受不了。

聰明而博學、狡猾且大膽，拉・芙莉亞幸而擁有一名公主應具的種種美德，但反過來看，這也代表她具備旺盛好奇心及非凡的行動力。

這樣的她如果得知有一場「節慶」，難保不會表示要延期歸國並親身遊賞。唯獨那種局面，無論如何都希望能避免。

「那麼公主，祝您一路順風，請替我向令尊問候。」

幸好，瓦特拉似乎也無意留住拉・芙莉亞。表面上他是以送行名義到場，不過原本的目的仍在於牽制阿爾迪基亞的人馬。既然拉・芙莉亞肯直接乖乖回國，在瓦特拉的盤算中該是再好不過。

紗矢華催促似的領著遲遲不動身的公主離開貴賓室。在機場停機坪能看見完成起飛準備的專機正在待命。剩下的問題，就是設法將公主帶進飛機而已。

「他提到的節慶是什麼？紗矢華？」

腳步優雅地走在專用道，拉・芙莉亞又窮追不捨。

「是指波朧院節慶吧。那是每年這個時期都會在絃神市舉辦的慶典，島上預定會召開各項活動……雖……雖然說有活動，也只是類似化裝遊行或攤販那樣的平民娛樂，沒有任何值得公主掛懷的部分喔！」

「哎呀。」

聽了紗矢華的說明，拉・芙莉亞就像個孩子似的眼睛變得閃閃發亮。騎士團長頓時表情緊繃。

「這……這可不成，公主！先前不是才有賊人想對您的性命不利嗎？國王陛下也由衷期盼著公主回國。回國一事，萬萬不能再有延遲——」

「哦，也有學生的展示發表會和攤位呢。」

無視於部下忠言，公主不知從哪裡拿出了智慧型手機，已經開始端詳活動的官方網頁。

騎士團長捧著頭仰天長呼：

「公主———！」

「呃，公主，畢竟這是日本首相特地準備的專機，所以……」

「用不著妳說，我也明白。我本身也沒有光憑一時興起，就為了參訪節慶而給你們國家多添麻煩的打算。」

拉．芙莉亞微微噘著唇，貌似不滿地發出嘆息。紗矢華牽著她的手，一起穿過通往登機處的閘口。瞬時間，有陣輕微的眩目感撲向兩人。景色如海市蜃樓般蕩漾，然後她們便來到太陽底下。

「——不過既然到不了飛機，我也無能為力嘍。」

公主的口氣明顯對狀況感到愉快，變成惡作劇的調調。

「到不了是什麼意……唔……咦！」

紗矢華滿臉愕然地環顧四周。她們方才肯定還在機場裡頭。但現在眼前出現的卻是一整片汪洋，以及浮在海面且施工到一半的浮體構造物。

破壞的痕跡鮮明地遍布於各處，紗矢華認得那幅景象。

絃神島的第十三號增設人工島——

之前，紗矢華曾和曉古城聯手與恐怖分子展開死鬥的地方。她沒道理看錯。

然而這裡和絃神島的中央機場幾乎算是島嶼的相反兩側，就直線距離來說也有近十公里遠。無論怎麼想，都不是剎那間就能移動的距離。

但實際上，紗矢華和公主兩個人就是被擱置在那座增設人工島的前端。

理應一路同行的騎士們不見蹤跡，預定搭乘的飛機和機場建築則連個影子也看不到。穿過機場閘口的瞬間，紗矢華她們似乎就被傳送到這個地方了，彷彿誤入空間的裂縫。

當然，這不會是單純的自然現象，很可能是來自有心人的魔法攻擊，可是卻感覺不到攻擊的動靜。要動用如此大規模的魔法，資質高如紗矢華及拉・芙莉亞的靈能者，絕無可能對前兆渾然不覺，狀況卻這樣發生了。

「真不愧是『魔族特區』。這樣似乎有好一陣子不會無聊了。」

拉・芙莉亞露出天真無邪的微笑說道。從她舉起愛用的咒式槍警戒周圍這點來看，這次異變似乎並不是公主自己下的手。話雖如此，她肯定對現狀大感有趣。

紗矢華感到強烈不安的同時仰望天空。

令人感覺風暴即將來臨，晴朗澄澈的盛夏藍天。

十月的最後一週——

人們尚未察覺，在絃神島「魔族特區」開辦的狂躁祭典已經揭幕。

第一章 盛宴前夕

Calm Before The Storm

1

空氣悶熱遲滯。

繞行紘神市的市營單軌列車車內。窗外是整片太平洋的海面，行駛於沿海高架的車輛沒有任何東西能遮蔽太陽，盛夏般的強烈陽光毫不留情地烤熱車裡擠滿的乘客。

「哎，可惡……熱死了……」

被迫將臉貼在鋁製車門無力呻吟的，是曉古城。

在高中制服外面多披一件連帽衣，表情顯得慵懶的少年。

儘管他頂著「世界最強吸血鬼」這番誇張的頭銜，在目前的狀況下，第四真祖驚天動地的能力同樣沒轍。客滿的電車讓人動都無法動，只能朝隔著窗戶灑落的刺眼陽光叫苦。

「噫……！」

單軌列車駛入平緩彎道，離心力讓乘客們靠向一邊。被他們無言的壓力所迫，站在古城身旁的少女發出驚呼。

獅子王機關的劍巫，姬柊雪菜。

不造作的黑髮以及烏溜溜的大眼睛。雖然還留著一絲稚氣，那仍是個五官端正的女孩。體型苗條纖瘦，但不會給人弱不禁風的印象。從少女身上能感受到穠纖合度的機能美與強韌，宛如出自名匠之手的刀劍。

雪菜表面上是古城的學妹，就讀彩海學園國中部，不過她原本的任務是監視第四真祖。據說視情況而定，雪菜甚至也被准許憑獨自的判斷抹殺古城。

證據在於她隨身攜帶的低音吉他盒中，收納著以最先進魔導技術打造的武器。能癱瘓萬般魔力，連吸血鬼真祖也可誅滅，專門用於對付魔族的破魔長槍「七式突擊降魔機槍（Schneewalzer）」。

不過那柄最強武神具，在尖峰時間的單軌列車裡同樣只是多添麻煩的行李。

為了不妨礙其他乘客，獅子王機關自豪的祕藏兵器被擱在架子上；雪菜自己則和理應是監視對象的古城靠得緊密無比。

四邊被車門、椅背，還有擠沙丁魚的乘客圍住，兩人全身貼得幾乎不留縫隙。

「抱……抱歉，妳沒事吧？姬柊……？」

雪菜頭髮的迷人香味，讓古城一面感覺到喉嚨飢渴的危險信號一面低聲朝她細語。

古城原本撐著胳臂，不讓雪菜被擠扁，後來卻承受不住乘客的壓力，在不知不覺中變成了從背後將她一把摟住的姿勢。這模樣在旁人看來或許值得羨慕，但實際上古城的右手早就麻痺得什麼也感覺不到了。

「嗯……不過，那個……」

「對不起。總之我不是故意的……！」

「我了解，因為我也一樣。這……這是不可抗力！」

雪菜之所以臉紅，是因為她提著書包的左臂好巧不巧就卡在古城胯下。雪菜也曾試著想將書包抽出來，但是在這種緊貼狀態下似乎也無法如願。配合單軌列車的震動，傳到古城身上的微妙刺激挺不好受。

「今天比平常還要擁擠呢。」

也許是為了轉移注意力，雪菜若無其事地低聲開口。

早上的這個時段，擠滿上學的學生及通勤乘客確實是家常便飯，可是很少會擁擠到這個程度。乘車率大概比平常高一倍。

「有島外的旅客來觀光吧。因為節日快到了。」

「學長是指……波朧院節慶嗎？最近在國中部也常常成為話題耶。」

「對喔。姬柊妳還沒有看過嘛。」

聽了古城的話，雪菜點頭。

她接獲獅子王機關的特命開始監視古城，是在暑假即將結束前的事。從她來到絃神島還不滿兩個月。短短期間裡就和她遭遇好幾次要命的險境，讓古城到現在才實際體會到自己的不幸。

「我知道有活動，不過沒想到會是這麼大規模的慶典。」

「很盛大喔。島上每一間企業都會放假，而且這個時期比較容易獲准訪問絃神島，觀光客也會前仆後繼跑來。」

古城說著抬頭看向車廂裡吊的廣告文宣。

所謂波朧院節慶，是每年十月最後一週在絃神市舉辦的最大慶典。煙火大會、戶外演唱會，以及化裝遊行等各式活動都將召開，讓全島上下一同狂歡。這時期到訪絃神島的觀光客共計超過十二萬人，不過考量到島嶼位置和日本本土的距離之遠，已算是驚人數字。

基本上這個數字其來有自。絃神市是「魔族特區」，平時並不接受企業、研究機構關係者及家人以外的人士參訪，普通觀光客或記者自然不提，對於冀望和「魔族特區」的企業談生意的人們來說，慶典期間就是光明正大到市內的難得機會。

總之，絃神市內的廣告媒體幾天前開始就清一色是波朧院節慶的消息。電視也安排了特別節目，應景商品的廣告更大張旗鼓地在各處播映。全島確實都熱熱鬧鬧地處於節慶氛圍。

「這是以萬聖節當藍本對不對？」

雪菜望著畫了南瓜怪的海報問。

「對喔，說來是沒錯。雖然我不知道為什麼要選萬聖節。」

古城一臉事不關己地提出小小疑問。

絃神島屬於人工島，原本就沒有傳統的民族行事。不過要提供居民娛樂或刺激經濟，像節慶這種非日常活動十分有效。於是在為民服務的一環中，人工島管理公社參考萬聖節制定出來的就是波朧院節慶這樣的慶典。

反過來說，節日本身應該沒有非參考萬聖節不可的理由。情人節也好、女兒節也好、七夕也好，古城認為拿什麼當慶祝的理由大概都可以。

不過，雪菜倒是用意外認真的口氣回答：

「因為萬聖節原本是驅魔的儀式啊。我覺得這樣的行事和『魔族特區』很相配。」

「哦……是這樣喔？」

「是的。在古時的凱爾特信仰中，人們相信在初冬乍到的時期，這個世界和靈界間的通道將會開啟，讓精靈及魔女們大肆湧入。為了保護自己不受這些魔物侵擾，要戴上面具、點燃篝火，據說這就是萬聖節的由來。」

哦——乖乖聽雪菜說明的古城應了聲。他變成「第四真祖」這種超乎常識的體質，不過是短短半年前的事。在那之前，古城都是用平凡無奇的高中生身分度過日常生活，對於土著信仰及魔法一類的神祕學知識幾乎沒有涉獵。他完全無意和獅子王機關用英才式教育栽培成攻魔師的雪菜在這方面較勁。

「萬聖節的化裝活動和南瓜怪就是那樣流傳下來的？」

「對呀。而且萬聖節的傳說本身並非完全沒有根據，因為時空連續體在這個時期會變得不安定是真有其事。再說也有報告指出，過去曾有人類碰上來自相異時間軸的『來訪者』，以及來自異界的『不速之魔』的案例。」

「……饒了我吧。我可不想應付那些玩意。」

古城露出由衷排斥的臉色。畢竟這裡是「魔族特區」，即使撕破嘴皮，他也說不出：「要碰上那種莫名其妙的東西絕對不可能。」就算沒那層因素，這陣子一下又是古代兵器（納拉克維勒），一下又是模造天使，接連遇見稀奇古怪的東西早就讓他煩不勝煩。

然而雪菜卻默默望著這樣的古城，一臉認真地告訴他：

「是啊，所以請學長要小心。」

「咦？」古城困惑地回望雪菜說：「呃……即使妳要我小心，來自異世界的入侵者，只靠我的心態就避得了嗎？」

倒不如說，被雪菜認為是他自願招惹麻煩的現實情況讓古城頗受打擊。明明沒有別的學生比他更愛平穩的日常生活。可是——

「咦？」雪菜反而訝異似的眨著眼回嘴：「誰叫在這座島上，最不安定又危險的魔力來源就是學長。請不要一個疏忽讓眷獸失控，害得本來就不安定的空間產生扭曲喔。吸血衝動更是千萬要留意——」

雪菜這句話還沒說完，接近車站的單軌列車就開始減速了。乘客們順著慣性定律往前傾，失去平衡的古城則用左手大把抓住雪菜胸部。

「學長……！」

「等……等一下，剛才那也算不可抗力吧！」

「不對，我不是指那個，你看她那邊——！」

雪菜用銳利目光望著的人並非古城，而是離得稍遠、正在通學途中的女學生。對方穿著彩海學園的制服，但個子比雪菜還嬌小。烏亮長髮及白皙肌膚異樣顯眼。

「是高中部的學生嗎？總覺得讓人放心不下耶。」

看見埋沒於人群的少女，古城皺起眉頭。她站的位置是無路可退又不醒目的擁擠通道。貌似怯懦低著頭的她，背後有個舉動莫名鬼祟的中年男性緊緊貼著。

「對啊。站在她後面的男性，說不定——」

「是色狼嗎！混帳東西——！」

「咦！」

連雪菜都來不及反應，古城就一股勁朝男子猛衝。他並非正義感特別強烈，但有項「罪惡」會讓他二話不說地發火。對於有個妙齡妹妹的古城來說，色狼毛手毛腳是無法原諒的頭

號罪行。對方敢在凪沙上學的這條線路幹出那種事，他不把人逮到警察面前絕不罷休。

「學長，請等一下！學長！要仔細確認過再行動才可以……！」

雪菜拚命追著撥開乘客往前衝的古城。這時，古城已經趕到嬌小女學生旁邊，確認男子正將手伸向她的大腿。古城伸手想揪住對方手臂——隨後，單軌列車在停止後開了車門。擠到極限的乘客們一舉湧向月台，古城也受到人潮波及，原本使勁伸出的手指反而摸到了嬌小少女的臀部。

瞬時間，從旁伸出的另一隻手牢牢抓住了古城的手腕。

「咦？」

「——好啦，色狼一位。視為現行犯抓個正著。」

在困惑的古城耳邊，傳來一陣情緒亂興奮的嗓音。聲音的主人是個將紅髮梳成丸子頭外加麻花辮的年輕女性。旗袍風上衣搭配迷你裙，底下還穿了緊身褲，裝扮充滿運動感，而且體態端正。那是張莫名眼熟的臉。

「唔……喂，放手！我不是色狼，只是想幫那個女生而已——！」

被帶到車站月台的古城拚命抵抗，但紅髮女子緊抓著古城的手腕不放。她那強得不像人類的握力，讓古城的骨頭咯嘎作響。

接著她仔細端詳古城的臉，驚嘆一聲，露出了納悶表情。

「看你那身制服，該不會是我們學校的學生吧？話說回來，你不就是曉凪沙的大哥？」

「……嗯？」

「笹崎老師！」

總算追上古城的雪菜，大感驚訝似的停下腳步叫出聲音。紅髮女略顯意外地挑起眉毛。

看了那一幕，古城想起了她是誰。

彩海學園國中部的體育教師笹崎岬——凪沙和雪菜的班導師。

「姬柊妳也在一起？不管好自己的男朋友可不行喔？」

「不……不是的。他並……並不是我的什麼人，也不是色狼。」

「是這樣嗎？」

聽到雪菜幫腔，岬才放開古城的手。差點被誤認為色狼的古城逃過冤罪，一邊深深嘆氣一邊擦掉額頭上的汗水。

「真正的色狼在這邊，笨狗。」

從古城他們背後傳來一陣咬字不清，卻格外有威嚴的嗓音，另外還附帶男性丟人的慘叫。古城等人不禁回頭，看到的是全身被鎖鏈緊緊綑著，嚇得喪膽的中年男性身影。拖著他向前走的，則是理應在剛才受到色狼騷擾的那個留著長長黑髮的女學生。而她的真實身分，古城等人都很清楚。

「咦？」

「……南宮老師？」

古城和雪菜異口同聲表示困惑。

穿著制服站在那裡的正是南宮那月。彩海學園高中部的英語教師，年齡自稱二十六歲，但五官輪廓和體型顯得年幼，適合形容成少女或者女童。

「妳該不會是……那月美眉？那模樣是怎麼回事？」

「我在巡邏。最近很多學生在這班車遇到色狼。」

「……為什麼要穿高中部制服？」

「總不能找學生充當抓色狼的餌吧。我明知道勉強，還是扮成了這副模樣。」

原來如此——古城感到釋懷。一反年幼的外貌，那月可是身手傑出的攻魔師，更是執教鞭之餘還能在特區警備隊兼任教官的實力派。她擁有「空隙魔女」這樣的外號，據說眾多魔族都對其聞風喪膽。抓個區區色狼，要她投入行列該是大材小用了。況且，這麼適合穿學生制服的女教師可不多見。

「別說勉不勉強，根本沒有不協調的感覺耶……或許國中部的制服反而更合適。」

「看吧看吧，那月學姊，不是和我說的一樣嗎？」

岬自鳴得意地挺起胸口。她的身高大約一百六十過半，不過和嬌小的那月站在一起，看上去完全就是監護人和女兒的構圖。對那感到排斥的那月則要求她閃遠一點。

「要你們多管閒事。再說我沒有留國中時的制服，這也無可奈何吧。」

「國中時的沒有留……等等，這套制服是那月美眉自己的嗎？」

古城不禁觀察那月的制服。聽她一提，那尺寸彷彿經過訂作，連身高等同小學生的她也能穿得合身。假如那套制服是那月的私人物品，就表示她是彩海學園的畢業生。古城頭一次耳聞那項情報。

「你別叫班導師『美眉』。」那月生厭地歪了唇，對古城抗議：「基本上，為什麼你肯叫這隻笨狗『老師』，我就要變成『那月美眉』？」

「說不定是威嚴和風範的差異。」

「妳少摸我！」

岬摸著那月的頭宛如安撫幼兒。那月狠狠瞪向和她共事的教師。

那月為人一向天上天下唯我獨尊，但不知道為什麼，似乎只有從學生時期就認識的笹崎岬是她唯一應付不來的罩門。也許岬就是專剋她的人吧。

「哎，既然是這麼回事，我們可不可以離開啊？上學快來不及了。」

古城望著嬉鬧的兩個教師問。

「我想沒關係啦，反正真正的色狼也抓到了。」

岬瞥了一眼被鎖鏈綑縛的中年男性，笑得挺厚臉皮。古城和雪菜簡單和女教師搭檔致意後便走向驗票口。兩人都從一大早就覺得疲憊不已。

那月忽然叫住古城：

「曉古城。」

「什麼事？」

古城毫無戒心地回頭，結果看見那月帶著一副不可思議的表情。她總讓人看不出情緒，可是那流露出的氣息與平時不同，是張好似剛與老友重逢而顯得懷念及感傷參半的笑容。

「波朧院節慶就快到了。」

「嗯，對啊。」

古城疑惑之餘仍隨口答話。

那月哼了一聲，笑得如往常般自信。然後——

「下週起會照常上課。可別遲到，記得把心收回來。」

她桀傲不馴地說了。

2

波朧院節慶是在十月最後的週末舉行，彩海學園會在前一天停課。

有人參加管樂比賽或社團相關的展覽活動；有人被居民互助會主辦的攤位拉去當勞力；有人專心打工；也有人當個單純享受節日的遊客，各有各的過節方式，不過對絃神市裡的學生來說，波朧院節慶這段期間屬於頗為忙碌的時期。

為了避免有學生惹事，校方聲明的注意事項也很多。

因此在放假前的這一天，各班導師都延長班會的時間，千叮嚀萬交代地轉達注意事項。

話雖如此，那也可以算是每年的固定行事。何況升上高中以後，幾乎沒有學生會認真聽校方冗長的說明。不過，顛覆那項常識的異常狀況在曉古城的班級發生了。

站在講台上的是個纖弱少女。

藍髮碧眼，左右完全對稱的人工麗質。經工業化程序催生出來的人工生命體少女。

當然，這裡是「魔族特區」，沒有學生會被區區人工生命體嚇著。然而，那個人工生命體是穿著高暴露度的連身圍裙洋裝，代替班導師朗讀種種注意事項，狀況實在不尋常。

「女僕……我記得她是那月美眉的專屬女僕吧？」

「為什麼女僕會上台當老師？」

「她叫亞絲塔露蒂啊……那個女生好可愛。」

「不提那個了，我聽到風聲，那月美眉穿了女生制服在車站徘徊耶。」

「……那也不錯。」

至今仍無法接納狀況的學生交頭接耳猛聊個不停，卻也專心地注意著亞絲塔露蒂的言行。以結果來說，她轉達節日期間注意事項的任務等於漂亮達成了。

「……那是怎麼回事？」

淡然完成自己的使命以後，人工生命體少女回到教師休息室。藍羽淺蔥一邊目送她一邊問了古城。她是個將制服穿得隨興有型，又留著亮麗髮型的女同學。

「她本人就說了吧。那月美眉到外面巡邏才拜託她當代理。」

「哦～在節日前夕，攻魔官的工作果然比較忙嗎？」

彷彿姑且能接受的淺蔥低語。古城曾有些猶豫，但最後還是決定隱瞞那月扮裝成高中女生在街上徘徊的事。隨便破壞她的名聲，之後被報復會很恐怖。

無論如何，今天的課在上午就直接結束了。接下來只剩收拾東西回家。

單軌列車差不多該空一點了吧？當古城想著這些準備回家時，恰好和望著自己、感覺有話想說的淺蔥對上眼睛。

怎麼了——古城輕鬆地歪頭問道，像是下定決心的淺蔥正準備開口。

隨後，班上的男同學忽然簇擁過來，將古城團團圍住。

「欸，曉。你在波朧院節慶有沒有預定參加什麼活動？」

「沒有。我什麼都還沒決定啊。」

古城一臉納悶，還是回答了同學的問題。男同學們聽了眼睛頓時發亮，氣氛好比一大群發現獵物的肉食野獸。

「這樣啊。不然你要不要來打工？我們鎮上的互助會預定要推出露天咖啡座，可是店員人數不太夠。當然打工費都會照付啦，時薪兩百五十圓如何？」

「慢著，古城！要打工的話就來我們攤位當店員！現在特別附優待，營收的一成……不對，兩成都給你當薪水！」

「慢著慢著，古城！提到波朧院節慶，你可沒忘記傳統的沙灘排球大賽吧？不來和我們一起在沙灘上灑下青春洋溢的汗水嗎！」

「慢著慢著慢著慢著！提到慶典的吸睛焦點，還是非選美莫屬。我特別幫你安排了評審的位子，所以當天你就算捨命也要來泰迪絲廣場的活動舞台！」

「哦……哦哦？」

面對同學們強拉硬邀，古城露出提防的臉色。淺蔥不悅地斜眼望著他們那模樣。她叫住身旁的好友低聲詢問：

「欸，阿倫……他們那是在搞什麼？」

「呵呵。曉還真是搶手呢。」

築島倫使壞似的瞇著眼笑了。她那像在逗弄人的口氣讓淺蔥吞聲繃著臉。身材修長出色，加上成熟氣質，倫被分類成所謂的冰山美人，不過倒意外地為人著想，而且直覺也很敏銳。淺蔥不高興的理由，她似乎也全部看透了。

「哎，與其說是古城搶手，他們都在指望姬柊啦。」

矢瀨基樹用一如往常的輕佻態度加入話題。身為古城損友的他，和淺蔥也是從小學就認識的老交情。

「你說姬柊，是指國中部那個轉學生？」

聽了矢瀨口中冒出的少女名字，淺蔥的心情更加惡化。

矢瀨沒察覺她那樣的轉變，一臉內行地點頭回答：

「因為大家都知道，那個女生莫名其妙一直跟在古城旁邊嘛。能邀到古城參加，表示姬柊應該也會參加。那可是大大有幫助喔，無論以拉客或保養眼睛來說。」

「太蠢了吧？全是些笨傢伙。」

淺蔥淡然說出想法。簡單說，那些男同學邀古城就是為了把他當成釣姬柊雪菜的餌。實際上，雪菜確實是個引人注目的美少女，假如她願意參加活動，光那樣就能期待相當大的攬客效果，這倒是事實。

「妳甘願嗎？淺蔥？」

倫越顯愉快地望著嘔氣托腮的淺蔥。淺蔥回望她，答得頗不耐煩。

「甘願什麼？」

「波朧院節慶。妳不是想跟曉一起逛嗎？」

「唔……」

冷不防被人直指問題核心，淺蔥不由得僵住。

這類節日對情侶來說一向是重要行事，波朧院節慶也不脫此限。畢竟試膽及煙火大會之類的經典活動都一應俱全，更有許多像結緣符咒和占卜等等「魔族特區」特有的企畫。相對的，這也讓淺蔥陷入沒辦法輕鬆邀對方的兩難，她很少在和古城搭話時這麼猶豫。

在這段期間，儘管班上男生們仍持續拉攏古城——

「啊……那個，很高興你們來約我，不過還是算了。」

古城回絕得意外乾脆，教室裡掀起微微的騷動。

「什麼！你究竟對哪個部分不滿意？明明連咖啡都隨你喝耶！」

「兩成五……不，三成營收你覺得怎樣？混帳！」

「你太不懂風情了，曉！你還沒了解沙灘排球的深度！」

「如果當評審還不夠，再讓你參加男性部門的比賽如何？」

臉色驟變的同學們全都擠向古城，但他慵懶地搔了頭說：

「呃，我今年已經和人約好一起逛了，所以要參加那些活動有點困難。抱歉。」

聽了古城的話，眾人同時流露出殺氣。

「你說……約好和別人一起逛？對方就是那個國中部的轉學生吧？是不是這樣？」

「轉學生？啊～不對，和姬柊沒關係啦。」

古城意想不到的回答，使得邀他入伙的那些人都明顯露出困惑之色。他們同時將目光轉向淺蔥。

「……古城約的……不是轉學生？」

「那麼，該不會是藍羽吧？」

「八成是藍羽……哎，都到這個地步了，用藍羽將就一下。」

「嗯，情非得已。要說的話藍羽也是不錯。因為這樣，終究還是得把曉拉來參加我們的活動才行。」

「……不知道為什麼，我覺得非常火大耶。」

聽了男生們根本毫不掩飾的悄悄話，淺蔥的嘴唇陣陣抽搐。倫和矢瀨也只能發出同情般的感嘆。

這時候教室入口有人大聲叫了古城：

「曉～訪客外找。是國中部的女生。」

人來的時機太過絕妙，這回教室才大聲鼓譟起來。

「什麼？」

「轉學生嗎！藍羽是障眼法，他約的果然是轉學生？」

「不，等一下！那是……！」

「怎麼會！居然……是國中部的聖女？」

叫了古城的是同班的棚原夕步。彷彿躲在她背後的，則是個頭髮晶瑩銀亮的少女。

那名少女在國中部制服底下穿著高領的長袖內搭衣，讓人不由得聯想到教會的修女。以某方面而言，她擁有的美貌比雪菜更顯眼。

是國中部三年級的叶瀨夏音。那副容貌以及溫婉氣質，使她擁有「聖女」的別號，也有許多高中部男生是她的粉絲。雖然這件事並沒有讓一般人得知，不過夏音同時也是阿爾迪基亞皇室的公主，也難怪她會具備神聖高潔得無法親近的氣質。

這樣的她並沒發覺自己受到注目，依然心平氣和地向古城攀談。

「叶瀨，妳來學校啦？」

「啊，是的。我直接跑來教室找大哥，對不起。」

「不會，沒什麼關係啦。妳身體好了嗎？」

「是的。前天我才出院的。」

古城和夏音聊得親暱，簡直像認識已久的熟人。如今教室裡的學生都在注意他們的言行舉動。

築島倫壓低聲音，朝淺蔥耳邊問：

「他們是什麼關係？」

「那種事情我哪有可能知道。」

淺蔥回答之餘，太陽穴顯得青筋暴跳。她知道前陣子古城等人曾經捲入和叶瀨夏音有關的麻煩。然而古城的說詞卻不得要領，到最後淺蔥還是不知道他為什麼會一頭栽進那種事情。而古城仍沒有發現自己被淺蔥瞪著，依然在夏音身旁傻笑。

「妳特地來打招呼？」

「是的。另外，我還有一件事想拜託。」

「拜託？向我嗎？」

古城感到意外地反問。夏音則害羞般微微垂下目光。

「對，那個……」

降低音量的銀髮少女語塞，古城的同學們屏息等著她把話說下去。不久夏音猛然抬起臉，聲音緊張地問古城：

「今天晚上，可不可以讓我到大哥家過夜？」

霎時間，結凍般的寂靜降臨教室。只有淺蔥一個人愕然驚呼：「啥！」緊接著——

「嗯，沒關係啊。」

古城平靜地接受夏音的要求。

「啥……啥！」

好似觸電的淺蔥肩膀顫抖，瞪大了眼睛僵在原地。

傷腦筋——在旁觀望的矢瀨這麼嘀咕，然後像是看不下去地搖著頭。

「稍等一下！」

淺蔥的手腕被硬抓著，兩個人直接一起舉了手。教室裡再次掀起地鳴般的鼓譟聲，就連古城他們也察覺那異樣的動靜而轉過頭。

「我們是不是也可以一起去打擾呢？曉？」

倫笑容可掬地問了回過頭的古城。

「咦？」

古城臉色呆滯地反問。淺蔥仍不懂發生了什麼事，來回看著疑惑的古城、微笑的倫和矢瀨，以及自己被高高舉起的手臂，然後才高聲驚呼：

「咦————！」

距離波朧院節慶還剩兩天，祭典的氣氛正慢慢變得熱絡。

3

住宅區群集的南嶼，亦即絃神島南區。蓋在人工設計的平緩坡道上的公寓，就是曉家兄妹的住處。

房間編號七〇四號室。格局是挺普通的三起居室附餐廳、客廳、廚房。視野良好的窗外有一大片鮮豔晚霞，絃神市的整片街景在眼底都被夕陽染紅。

客廳的玻璃桌上擺滿了用大盤子盛著的料理。

穿制服的夏音低頭望向那些料理，無所適從地呆站著。火藥爆炸聲響起，彷彿就為了嚇唬神色緊張的她。

「夏音，恭喜妳出院！」

拉下拉炮大聲道賀的是曉凪沙。她和雪菜、夏音同樣讀國中三年級，是古城的親妹妹。

儘管體型和長相比同年的女生孩子氣，整體而言仍是個懂事能幹的妹妹。而且長相還算可愛，成績普普通通，所有家事都拿手。最大的唯一缺點是格外愛聊天又多話，但不可思議的是她並沒有因此造成別人不快。

桌上的料理也幾乎全是她馬不停蹄完成的。

「那……那個……」

「不好意思……還讓大家為了我這麼費事。」

夏音全身沾滿紙片，面有畏色地環顧四周說：

彷彿要替這樣的她撐腰，凪沙的嗓音特別開朗。

「妳說什麼嘛，夏音。今天妳就是主角啊。來，坐坐坐，儘管吃儘管吃。這盤沙拉是我的自信之作喔，裡面是加了核桃、花生、芝麻的自家特調醬料喔。然後這邊是棚屋的紘神可樂餅豪華版，那邊的是凪沙特製嗆紅辣豆大團圓，還有雙拼義大利麵也快起鍋了。」

「謝……謝謝。」

或許是被凪沙的熱情影響，夏音也露出生硬的微笑。而厚臉皮坐在夏音旁邊的矢瀨，馬上就朝料理伸出筷子。

「喔，這好吃耶。不愧是凪沙，手藝又進步了嘛。」

「真的耶。讓她當古城的妹妹實在太可惜了。」

淺蔥一邊將冷湯舀進嘴裡一邊幸福洋溢地把手湊在臉龐。被趕到客廳角落的古城則傻眼瞪著她們。

「為什麼慶祝叶瀨康復，會連你們都在啊？」

「哎，別這麼說嘛。好不容易有事情慶祝，人多比較熱鬧吧？」

「先講請楚，古城，你吃的那些肉是我帶來的喔。」

「唔。」

矢瀨和淺蔥毫不內疚的態度讓古城無奈地嘆氣。實際上，為什麼他們會突然要求來家裡，古城也不太懂。

基本上多虧有他們來才讓古城變得自在了一點，這也是事實。

縱使是為了慶祝朋友康復，被妹妹的同學們圍著同吃一桌飯，或多或少會讓他尷尬。

「……所以，結果你和叶瀨是什麼關係？」

用餐的手也沒歇著，淺蔥冷不防就問了一句。與表面形象正好相反，她屬於大胃王角色。在淺蔥變空的盤子裡，凪沙又陸續添了新料理。

「之前我就說過了吧。叶瀨因為生病，要在魔導士工塑的研究所治療，我和姬柊在輸血還有其他方面幫了一些忙。對吧，姬柊？」

「對啊。沒……沒有錯。事情發生得太突然，抱歉讓大家擔心了。」

古城和雪菜娓娓說明。早料到會被問起這些，他們串通過說詞。不過，也許那流暢的藉口反而散發出不自然的氣息，淺蔥露骨地擺出懷疑的表情問：

「那麼，之前那個公主又是怎麼回事？」

「那是因為叶瀨她老爸年輕時，在阿爾迪基亞當過宮廷魔導技師，公主是出於那層關係才過來探望的啦。」

「哦～」

古城他們的說明和事實大相逕庭，不過關於個別立場和人際關係的部分，他幾乎沒有說謊。縱使淺蔥並沒有完全釋懷，似乎也放棄進一步追究了。

相對的，從古城房間傳來另一個參加者的聲音。

「哦……這就是曉的房間啊，意外普通耶。嗯～耐人尋味喔。」

「築島，不要一進別人房間就探頭檢視床底下行不行？」

古城朝蹲在地上的倫尖聲抱怨。

倫在所有人面前都表現得很酷，但只有對古城的態度略有不同。

她有個祖父是知名的魔族生態學者，本身對魔族的特色也相當了解。或許因為如此，她偶爾會有一些舉止宛如已經察覺古城並非普通人。

話雖如此，倫並沒有敵視古城，也無意特別張揚，給人單純因為有趣才進行觀察的印象。她會專程跑來古城的住處，大概也屬於那種觀察的一環。

這樣的她興致勃勃地在古城的書架上物色，然後問：

「發現相簿。我可以看嗎？」

「可以啦，不過擺在那邊的是小學時拍的，我想不會有什麼意思。」

古城出於親切才開口提醒，但女生們的想法好像略有不同。看來那反而勾起了興趣，連淺蔥和雪菜都跟著湊到倫旁邊。

「是小時候的曉耶。和現在沒什麼變。」

倫翻開相簿封面，愉快地挑眉；雪菜則感慨十足地說出感想。

「原來學長也有小學生時代啊。滿可愛的……嗎？」

「為什麼要用問句？這種時候應該坦然誇獎才對吧！」

古城憤慨地發牢騷。聽了他們的互動，夏音嘻嘻笑出聲音。

「這差不多是在古城搬來絃神市之前拍的，對不對？」

精確點出照片拍攝時期的是淺蔥。古城來到絃神市以後立刻就和她認識了。四年前，當時古城才剛升上國中。

「大約就是那時候，因為這邊的照片都是在小學六年級時拍的。」

「這傢伙是誰啊？好像常和你一起上鏡頭耶。」

矢瀨舉起相簿問。上面拍到的是和古城穿著相同籃球隊服的隊友。雖然曬得全身黑，那個小學生的長相倒滿英挺。

「啊，你是問優麻嗎？」

「優麻？」

「那是從我還是小鬼頭的時候就混在一起的玩伴。該說是童年知交或打籃球的球友呢？類似因為孽緣才交到的好朋友啦。」

倫佩服地瞇著眼睛感嘆。

「真帥耶。當你的朋友簡直可惜了耶。」

「啥意思？我的朋友長得好看，又沒什麼不對！」

古城歪著嘴，貌似受傷地大抱不平。

另一方面，矢瀨帶著不像開玩笑的臉色瞪向照片說：

「可惡！本來以為和古城稱兄道弟的只有我，沒想到他以前的男人是這種型男！」

「胡說什麼啊，你們好噁……！」

淺蔥由衷排斥地皺著臉。古城忍不住瞪大眼睛問：

「為什麼連我也算在內！」

啊哈哈哈——凪沙笑了出來。

「小優的確從以前就很受女生歡迎耶。和古城哥不一樣。」

「也是啦。」

古城雖有不甘，還是表示首肯。實際上，他這個朋友從以前就很有人氣。

緊接著，凪沙彷彿忽然才回想起來，拿了手機打開簡訊畫面說：

「對了對了，剛才小優有聯絡喔。聽說是明天九點左右會到機場。」

「咦？」

矢瀨訝異地轉身。他用發抖的手指指著古城那本相簿問：

「難道這傢伙會來絃神島？」

「對啊。聽說是靠親戚的關係才拿到節慶的招待券。」

古城一邊將凪沙端來的義大利麵舀進盤子，一邊若無其事地回答。他會將以前的相簿從倉庫裡找出來擺著，原本就是為了和老友敘舊準備的。

「對了，曉，你是不是說過今年預定要和誰一起逛節慶？」

倫露出恍然大悟的表情問。

「嗯。我約好要帶優麻參觀島上了。」

嘴裡含著義大利麵的古城點頭。倫則露出別有含意的臉，打氣似的對淺蔥微笑。

「他要帶朋友參觀，那就沒辦法嘍。對不對，淺蔥？」

「無所謂啦。反正我早就想過大概是這樣。」

淺蔥再度回到桌前用餐，卻狼吞虎嚥得像是在洩憤。看自己煮的菜穩定減少，凪沙露出高興的臉。

而淺蔥忽然停下用餐的手，看了旁邊的雪菜。她將臉湊向對方小聲問道：

「欸……妳都知道嗎？古城的朋友會來這件事……」

「不。」雪菜貌似遺憾地搖頭否認。「我現在才第一次聽說他在節慶期間的規畫。」

她們稍微交會視線，然後同時嘆了氣。

「他就是那種人。」

「……對呀。」

兩人用格外有共鳴的語句互相撫慰。沒理由地感到不安的古城則看著淺蔥和雪菜問：

「妳們到底怎麼了？」

4

與活動舉辦前擔心的正好相反，派對在和樂熱鬧的氣氛中結束了。

夏音身為主賓，對於凪沙的喋喋絮語以及矢瀨耍笨的話題，都開心而且不顯排斥地捧場；觀察到古城私生活的倫似乎也很滿意。

不知道為什麼，淺蔥和雪菜亢奮得有種自暴自棄的調調，都全心投入在對戰類的電玩遊戲。雪菜以超凡的反應速度為傲，淺蔥具備強勢性的電腦運算知識及先天直覺。兩人的對戰白熱化，結果儘管創下了前所未見的高分紀錄，卻到最後都沒有分出高下。她們倆挺讓人摸不著頭緒，分不清是劍拔弩張或關係良好。

沒有準備好過夜的淺蔥等人，只能無奈地趕搭末班車回家。曉家剩下古城以及國中部的三個女生。

夏音和雪菜兩人似乎會直接睡在凪沙的房間。落單的古城決定窩在自己房裡，盡早上床睡覺。

古城他們的母親在市內企業頂著「研究主任」這樣威風的頭銜，由於工作因素，每個星期只會回家一兩次。到了這個時間還沒有回來，可見她今晚應該也會在職場過夜。

話雖如此，在研究所關閉的波朧院節慶期間，她總得回家才對。而且優麻也會抵達絃神島，明天似乎將相當熱鬧。

認真思考這些之餘，古城始終茫然仰望著天花板。

他睡不著，雖然這是平時一直都有的問題。

古城本來就是隻夜貓，但在變成吸血鬼以後這種傾向變得更強了。可以的話，他甚至想讓生活日夜顛倒。

不過要是這麼做，當然會對高中生活造成干擾，而且古城成了吸血鬼這一點，八成也會被凪沙發現。那是無論如何都絕對要避免的事。唯獨她不能知道自己的哥哥已經變成魔族。

「——大哥。」

在夜裡輾轉反側的古城，耳裡聽見一陣含蓄的呼喚聲。

剎那間，他還以為是幻聽，但仔細一看，房間的門被微微打開了。從門縫間能看見閃亮的銀色秀髮。

「請問，你還醒著嗎？」

「……叶瀨？」

古城小聲反問，於是夏音帶著放心似的表情露了臉。禮貌地低頭行禮以後，她走進房間，然後靜靜關上門。

她穿著下襬及膝的睡衣。淡藍色布料和夏音眼睛的顏色一樣，或許因為如此，由她穿來十分相襯。

古城驀地撐起上半身，目光困惑地望著夏音。這就是傳聞中的摸黑尋歡？古城短瞬間曾如此妄想，但他立刻否定了那層可能性。由修道院養育長大，甚至被人稱為「聖女」的夏音，想來不會做出那種舉動。

「怎麼了？這種時間跑過來？」

「我有些話希望單獨和大哥談。」

「有話跟我談？」

是的——夏音說著正色點頭。

古城移動到床邊，騰出讓她坐的空間。夏音顯得有些羞赧，輕輕在古城身旁坐下。接著她又露出嚴肅的神色繼續說道：

「我要談的是模造天使的事。」

「……妳保有天使化的那段記憶嗎？」

古城的表情變得凝重。

透過魔法強化人體，使其轉化成高次元的存在——模造天使就是如此製造出來的。夏音繼承了阿爾迪基亞皇室的血統，具備強大的靈媒資質，才被選為儀式的實驗體。而且她的樣貌曾暫時達到無比接近天使的境界。

可是強行將人類轉化成天使的魯莽儀式，也迫使她付出相應的代價。夏音被逼著和身為同類的模造天使自相殘殺，後來連自我的心靈都因此消滅了。更甚的是，還有一群人有意將如此製造出的模造天使當作兵器利用。

遭人逼到那般絕境的夏音，以結果來說是被古城和雪菜救了。

然而，古城他們並不打算告訴夏音那件事。

字面上稱為「救」，古城和雪菜曾與她交戰仍是事實。走錯一步，他們就會喪命於夏音之手。古城認為即使告訴夏音那些事，也只會讓她痛苦。畢竟他之前聽說夏音並沒有模造天使那段期間的記憶，這樣正好。

但要是夏音並沒喪失記憶，事情就全然不同。

她會在大半夜偷偷過來見古城，八成是為了質問當天發生的事。

不過既要顧慮到夏音的心情，又必須說明得有條有理，古城實在是心亂如麻。況且要告訴她真相，當然得揭露自己是吸血鬼這一點。夏音身為凪沙的朋友，一旦知道了古城的真面目，也會增加被凪沙得知的可能性。

熄燈的昏暗房間。在狹窄的床上，始終不知該如何開口的古城和夏音望著彼此。

就在這時候，房門突然被敲響。

「我好像聽見了講話聲，古城哥，你還醒著嗎……？」

也不等古城應聲，門就被隨手打開了。

門開啟的前一刻，古城將夏音推倒在床上，和她一起躲在被子裡。他用手蓋住夏音差點叫出聲的嘴，用眼神示意要她安靜。

幸好，凪沙並沒發現躲在被子裡的夏音，似乎相信古城睡著了。

「……受不了，古城哥真是的，又把溫度調得這麼低。」

她用擺在桌上的遙控器關掉冷氣，然後愛睏地打著呵欠。

「唔～～……廁所廁所。」

凪沙說完這些就離開房間了。聽到她遠離的動靜，古城才放鬆下來，躲在被子裡的夏音也放心地呼氣。

凪沙沒發現睡在自己房間的夏音不在，由此來看，她或許也睡得有些迷糊。總之是得救了。古城在這種時間還跟夏音獨處，如果被凪沙看見，肯定會讓她暴跳如雷。

「似乎沒穿幫。」

「好緊張喔。」

微笑的夏音只從被子裡露出眼睛。心裡七上八下這一點，古城也一樣。

「抱歉，硬把妳拉進被窩裡。」

「不會。我覺得有點好玩。」

夏音說著將臉湊到古城耳邊。預料外的緊貼狀態，讓古城又變得全身僵硬。雖然他明白那是要避免聲音外洩，但是在床上躺成這副模樣太危險了。

「叶……叶瀨……那個……」

「我是來向大哥道謝的。事情我還記得，是你和雪菜救了我。」

「咦……？」

「所有事情我都從那月老師那裡聽過了，包括我父親的研究還有大哥你的真面目。」

古城對夏音突然的表白倒抽一口氣。夏音的父親和模造天使實驗有所牽連，目前她的監護人是由南宮那月暫代其職。

難道那月已經向夏音全盤托出了？包含那起事件的真相以及古城的真面目？

夏音在動搖的古城耳邊繼續說下去，語氣裡懷著某種崇拜之情——

「原來大哥是正義使者。」

「啥……！」

夏音的話完全出乎意料，讓古城陷入沉默。她在說什麼，古城絲毫無法理解。然而夏音卻用認真無比的語氣說：

「那月老師跟我說過，大哥你是被邪惡組織抓住而受到改造的魔法戰士，還不為人知地為了保護絃神島的和平而奮鬥。」

「那……那……那個……小不點……！」

無處發洩的虛脫感使得古城聲音顫抖。

也許是想不出其他更好的說詞，也許是在思考到中途嫌麻煩，總之那月好像是用那套騙小孩的說法，隨便胡謅就讓夏音接受了。

畢竟那樣姑且說得通，也隱瞞了古城身為吸血鬼的事實，不過難道就沒有像樣點的藉口嗎？肯相信的夏音也一樣叫人頭痛。

「……我說啊，叶瀨。剛才提到的這些，妳能不能對凪沙保密？」

古城聲音虛弱地問。他忍不住認真地煩惱是身為吸血鬼的事穿幫，或者被誤解為改造人比較像話。

「我明白。正義使者對家人也要隱瞞真實身分。」

夏音乾脆地點頭。確認過她的想法，古城決定切換心情，不再對這件事深究。

「對了。叶瀨，妳這樣不要緊嗎？才剛出院就外宿。」

「嗯。我的身體已經恢復健康了，而且也有向那月老師徵求同意。」

「這樣嗎？那太好了。」

「是啊。亞絲塔露蒂也對我很好。」

夏音的回答讓古城安心地露出笑容。看來她在那月家的新生活，過得也還算順利。

不過古城能這樣放心也僅限片刻而已，走廊上再次響起腳步聲。因為到廁所方便完的凪沙又走回來了。

古城又將倉皇的夏音推倒在床上，然後將被子拉到肩膀。於是兩人就保持著相擁般的姿勢，靜靜等待凪沙經過。

但是在這個時候，察覺到夏音在緊貼狀態下傳來的意外觸感，讓古城心生動搖。

「叶瀨。妳這套睡衣底下，該不會……」

「什麼？」

夏音滿臉不可思議地仰望古城。古城無法直視那張毫無防備的臉，忍不住別開眼睛。貼在他身上的是一股低調又彷彿帶有引力的柔軟彈性。作為生物的本能直覺，她現在沒穿內衣。看來夏音是在就寢時不穿內衣的那一派。

「大哥？」

察覺古城微微顫抖，夏音擔心地問。不過他現在沒有餘裕回答。

那並不是身體出了毛病，撲向古城的單純是一種生理現象。只不過，那是肉體吸血鬼化以後特有的麻煩症狀——吸血衝動。

儘管世上到現在仍常常抱有誤解，然而名為吸血鬼的種族並不是為了充飢才吸別人的血。造成吸血衝動的真正原因並非食慾，而是性慾。

「你怎麼了？大哥？該不會是哪裡不舒服……？」

「我沒事……我說，妳別靠得這麼緊，這樣實在有點……」

夏音面帶不安地探頭望了古城的臉。受到關心很讓人高興，不過她向前屈身而露出的白皙喉嚨及胸口，反而更加刺激古城。

視野染成鮮紅，興奮伸長的獠牙蠢蠢欲動。

這樣下去，理性的枷鎖會被徹底掙脫——心裡剛這麼想著，古城嘴裡就冒出既甜又帶有金屬氣息的血味。

「大哥，你流鼻血了？」

夏音終於叫出聲音。不過，鼻血滴滴答答流出來的感覺倒讓古城放心了。反正能接觸血味，吸血衝動就會消除，嚐自己的血也沒問題。哪怕被當成讓國中女生抱住就噴鼻血的軟腳蝦，可以避免傷害夏音，仍然值得自豪。

將古城這股小小成就感徹底粉碎的，是從房門口悄悄傳來的質問聲音。

「……這種深夜裡，你和叶瀨同學在做什麼？學長？」

「姬……姬柊！」

發現這陣聲音的主人是誰，古城表情結凍。穿著黑白色調睡衣的雪菜，不知不覺中正面如寒冰站在古城房間裡。

她旁邊是穿著圓點睡衣的凪沙。放下的長髮好似快要豎起，肩膀在無言間發顫。凪沙似乎是氣得發不出聲音了。這是非常不妙的徵兆。

「慢著，不對！不是妳們想的那樣！我們只是在談重要的事情……」

古城拚命地搖頭。可是雪菜半睜著眼冷冷嘆道：

「在床上談重要的事情？」

「這種狀況無論說什麼，聽起來都只像藉詞逃避喔……！」

凪沙壓抑般低聲宣告。古城背後冷汗直流。

「……我想也是。」

夏音對古城他們殺氣騰騰的對話渾然不覺，一個人慌張地仰望著流血的古城。

「鼻血流不停耶。怎麼辦……對了，我記得……！」

她忽然使勁起身，高舉著手擺出空手道手刀的架勢。可以感受到她的手刀在無意識間凝聚了龐大咒力。

儘管當事人全然沒有自覺，夏音仍屬於阿爾迪基亞皇室的直系血親。單就潛力而言，她可能是資質更勝雪菜的強大巫女。

「我聽說過，這種時候敲後頸就能治好！」

「等一下，那是觀念錯誤的民俗療法吧！好孩子模仿會很危險——！」

察覺夏音的用意，古城開始慌張。被她用巫女手刀劈在後腦杓，縱使是不老不死的吸血鬼也難保無恙。就算他不是吸血鬼，這種錯誤的民俗療法也已經被指稱具有危險性了。

但古城再哀求也是枉然，夏音發出可愛的吆喝聲揮下手刀。

「嘿！」

直接挨中致命衝擊，古城的視野轉暗。

在意識逐漸淡出的過程中，他最後看見的是捂著眼睛、彷彿在斥責他自作自受的雪菜，以及親妹妹冷冷露出鄙視表情的身影。

5

月齡九。自上弦月約莫過了兩天而逐漸滿盈的半月，在西南方天空耀眼發亮。

「魔族特區」的夜特別長。有許多魔族都愛好夜晚，因此在魔族人口格外多的這座城市裡，不少餐飲店及娛樂設施都會營業至天明。

另一方面，稍稍遠離那喧囂的街區，就有連霓虹燈光也無法觸及的暗夜海洋圍繞在島嶼四周。外海的大浪連綿不斷打向人工崖壁，濺起冷冷水沫。白花花的浪頭在月光照耀下，散發著銀色輝芒。

黑暗與光。好似天鵝絨的海面蕩漾起伏，有陣嘲弄般的扭曲笑聲在上面迴響。

「這座城市依舊醜陋呢，姊姊。」

聲音的主人是個紅衣女子，高暴露度的服裝令人想到異國舞孃。煽情的吊帶襪，還有讓人聯想起魔法師長袍的長長連帽，全都統一成血般的深紅色。

外表年紀在二十歲左右。只論服裝像個娼婦，從背影看或許也像女尼。不過，若光用一個詞來形容她散發的凶狠氣息——魔女，才是最合適的稱呼。

「對呀，實在醜陋。」

另一道嗓音嫵媚笑著，回應了深紅女子的呼喚。

那個女子則是一身漆黑。她戴了寬邊的三角尖帽，披著深黑斗篷；有如緊身衣的皮製黑色機車騎士服將全身包得密不透風。誘人的身材曲線一覽無遺，就某方面來說，那比赤身裸體更具官能氣息。她那副姿態同樣只能用「魔女」來形容。

深紅魔女及漆黑魔女。

兩人悠然走在夜晚的海面，並踏上絃神島的人工大地。

隨後，刺眼的探照燈光芒猛然照出其身影。

全副武裝的機動隊員滿布於沿海道路。他們的盾牌上刻有護身魔法陣，攜帶的槍械則裝填著對付魔族的特殊彈頭。

特區警備隊的偷渡防範部隊。基於任務性質，這群精銳人員以強大武裝及豐富的實戰經驗聞名。

不過，魔女們鄙視著那些警備隊員，慵懶嘆道：

「好掃興耶，姊姊。」

「睽違十年才回來這一趟，真希望擺個更風光的排場替我們接風。」

兩人嘴裡嘀咕著，依舊朝市區前進。態度之狂妄，對指著自己的槍口根本不屑一顧。

『警告入侵者。妳們已侵犯「魔族特區」的管理區域，我方將依據特區治安維護條例拘押妳們。立刻解除魔法障壁，聽從我方誘導。』

特區警備隊的分隊長怒喊。隔著擴音器，他的聲音正撼動海邊的空氣。

『只給妳們十秒鐘，這是最後警告。如果不從，我方將採取強硬手段進行拘押。』

警備隊員們將武器的保險裝置解除。

他們裝備的，是足以癱瘓獸人的大口徑咒力彈及琥珀金彈頭(Electrum Tip)。要是直接命中，恐怕會一槍擊碎她們的軀體。

儘管如此，魔女們冷冷的嘲笑依然不絕。

「這些愚民可真吵。」

「努力取悅我們吧。」

分隊長繼續倒數。即使講定的十秒已過，兩名魔女仍不止步。分隊長的表情只沉痛地扭曲一瞬，隨即以不帶情緒的口氣大喊：

『開火！』

青色火花迸散於黑暗之中。無數槍聲化為一體，如雷鳴撼搖大地。傾盆而落的彈雨卻沒能觸及兩名魔女。

因為破海衝出的巨大觸手成了她們的護盾，將飛射過來的槍彈盡數擋下。那幕詭異光景，讓警備隊員們無法吭聲。

觸手直徑最大約達一百五十公分，至於長度則無從推測。半透明的觸手讓人聯想到花枝那種頭足綱動物的肉體。蛇一般蠕動的觸手陸續增加數目，將魔女們的身影裹住。

「好歹是號稱『魔族特區』的城市居民，麻煩你們別對這種程度的使役魔大驚小怪。」

深紅魔女高笑，像是在嘲弄陣腳大亂的警備隊員。

搖頭的漆黑魔女冷酷刻薄地撇唇。

「妳那是奢求喔，奧可塔薇亞。誰叫這裡是那個不懂禮儀的小丫頭住的城市。」

「對喔，姊姊。」

深紅魔女攤開了原本夾在腋下的書，將手掌按在書上。寫在書頁的文字綻放光芒，湧出龐大的魔力。

「那麼，大不了就讓他們用自己的血，將這骯髒的城市裝飾得美麗點吧。」

觸手動作加劇。

警備隊員持續開火，但是憑大口徑子彈，也實在無法打穿直徑超過一公尺的半透明觸手。槍彈用盡，彈幕也跟著中斷。

霎時間，觸手轉守為攻。

伸長的觸手化為巨鞭，接連掃向警備隊員。

面對那壓倒性的質量，盾牌根本不具任何意義。眾多頑強的隊員如保齡球瓶般彈飛，包圍住魔女的陣型頓時瓦解。

「這些傢伙，到底是什麼來頭——！」

分隊長發出怒吼。他也是實戰經驗豐富的「魔族特區」警備隊員。會操控使役魔的魔法師，過去他早就見識得夠多了。

可是這些觸手的段數卻不同。如此強大的使役魔，已經超出普通人能使喚的等級。它們是可匹敵吸血鬼眷獸的怪物。若非不老不死的吸血鬼，召喚出這種怪物，施術者的生命力理應會即刻枯竭喪生。

以前似乎也進行過讓眷獸寄生於人工生命體的實驗，但是連遠比人類長命的他們，據說也在短短期間內就耗盡了身體的餘壽。

不對。唯獨有一項被視為旁門左道的例外存在。

那種方法可保有人類模樣，又能獲得匹敵高階吸血鬼的強大魔力。

用本身靈魂作交換，而被惡魔賦予力量之人——也就是魔女。

『將術紋與人工島管理公社的罪犯登錄資料庫對照結束。推測有高機率是一級犯罪魔導師「梅雅姊妹」。分屬為LCO第一類「哲學」。』

特區警備隊總部的分析運算系統，對分隊長的耳機發出緊急通訊。

「梅雅姊妹？阿什當的魔女嗎！」

分隊長絕望得聲音顫抖。梅雅姊妹是過去在北海帝國領內的阿什當，大膽舉行過危險的魔法儀式，引發巨大災害令一整個州郡消失的國際魔導罪犯。

而且她們在十年前也曾出現於這座絃神島，還造成前所未有的大損害。

假如是那對魔女姊妹再臨，就不是偷渡防範部隊的火力能對付的對手。

「答得好。你還牢牢記著我們啊。」

「了不起。給你獎勵。」

漆黑魔女望向恍神站著的警備隊員們，並舉起自己的書。隊員們腳下冒出裂痕，縫隙中湧出凶惡瘴氣。

分隊長猛一回神，打算向部下發出撤退指示。然而，為時已晚。新的觸手鑽出地面，撕裂了人工島的鋼鐵地殼，將警備隊員們拖入昏暗的海底。

單方面的蹂躪結束後，寂靜降臨於崖壁上的道路。

留在地上的，只剩個別穿著深紅及漆黑衣裳的兩名魔女。

「真是群蝦兵蟹將。照這樣看來，也用不著向『圖書館』求援嘛。」

深紅魔女將書收進連帽，貌似無聊地嘀咕。

「是啊，奧可塔薇亞。」

漆黑魔女跟著點頭。她扶起三角尖帽的帽緣，瞪視夜晚的絃神市街。

「不過妳可別忘了。那月在這座城裡——那個讓人深惡痛絕的『空隙魔女』！」

留下滑溜潮濕的聲響後，身為使役魔的巨大觸手回到海中。

彷彿融入黑暗的兩名魔女也消失了，現場僅剩兇殘的破壞痕跡。

過了深夜零點，日期改變。

距離染血的狂亂盛宴開幕，還有一天——

第二章 有朋自遠方來

Dear My Childhood Friend

1

絃神島中央機場被旅客擠得人滿為患。

今天是十月最後一個星期五，會舉行波朧院節慶的前夜祭。為迎接從傍晚開始的各項活動，來自島外的旅客潮正式變得洶湧。

從單軌列車的車站一直到機場的接駁通路，也被拖著行李箱的旅客們占領，塞得水洩不通。古城他們撥開人潮，勉強才抵達機場入境廳。

「算是驚險趕上……嗎？」

古城抬頭看了電子班次表的時鐘，顯得氣喘吁吁。

時間離上午九點已經過了十五分鐘，但是沒看見約好要碰面的人。照這樣判斷，行李提領處八成也是擠成一團，檢疫和入關審查大概同樣要花上一陣工夫。

「真受不了！都是因為古城哥出門準備太久，連我們都趕得滿頭大汗。我好不容易選了時髦的衣服穿耶。為什麼你會在這種日子睡過頭啊？真不敢相信，實在太誇張了。」

凪沙一副氣嘟嘟的模樣。喘得肩膀上下起伏，話仍然不會變少，這是她厲害的地方。

「對不起啦！昨天晚上鬧的風波讓我清醒得睡不著！」

「你是想起夏音進了自己房間就睡不著對吧？哎唷，很丟臉耶！」

「唔……呃……！」

凪沙一語中的，使得古城語塞。不管怎麼說，受了足以引起吸血衝動的刺激，古城的神經並沒有粗得在之後還能安穩睡好。

「對不起，大哥。是我害的。」

表情看來莫名自責的夏音低頭賠罪。

今天她是穿質樸的灰色棉織連身裙。然而，她亮麗的銀髮反倒被樸素服裝烘托，分外受機場人們的注目。

「沒有，不是叶瀨的錯，所以別在意。」

「……不過，連我們都一起來真的好嗎？這樣會不會造成困擾……？」

雪菜語氣困惑地發問，彷彿也替夏音表達了心聲。

她的服裝是馬球領洋裝搭配及膝襪。當然，背後也揹著平時那個吉他盒，因此看起來倒也像個樂團少女。

其實雪菜擁有的便服，聽說幾乎都是紗矢華為她挑好寄來的。簡直像個老媽子——儘管也會讓人這麼想，但不愧是紗矢華的眼光，這套衣服十分適合雪菜。

「可以啦可以啦。雪菜妳們也是第一次參加波朧院節慶吧？一起逛才開心啊。再說當一個人的導遊和同時當三個人的導遊，花的心力也不會差多少。對不對，古城哥？」

凪沙摟著有所顧慮的好友肩膀，語氣開朗地說。

「既然凪沙會幫忙照料，我倒沒有怨言。優麻也說過沒關係吧。」

古城大方地聳肩。應聲的凪沙也毫不猶豫地點頭。

「我說要帶朋友一起來，小優滿高興的喔。小優從以前就對女生很好耶。」

「對啊。」

古城隨口附和，緩緩嘆了一聲。

夏音原本就是凪沙的朋友，古城應該不必為她們操心。

再說就算擱著雪菜不管，她肯定也會堅稱自己要監視古城而尾隨在後。這樣的話，讓她待在看得見的地方還比較輕鬆。古城嘆氣另有理由。

「……所以，你們為什麼會在這？」

古城一轉頭，瞪向從柱子死角監視他的男女二人組。

髮型亮麗的高中女生以及將耳機掛在脖子上的短髮年輕男生。他們個別戴著華麗的嘉年華會面具遮住眼睛。或許他們的用意是變裝，卻醒目過頭造成反效果。

「……虧你能看穿我們這完美的變裝。」

淺蔥了解自己被看破手腳，不情願地拿下面具。古城早已傻眼，連笑的力氣都沒有。

「哪裡完美？明明就很詭異。你們從哪弄到這種面具的？」

「哎，找了化裝遊行用的貨色戴一下而已啦。」

矢瀨撫弄著面具上附的孔雀羽毛，貌似得意地挺胸。

「你們花那種工夫是想做什麼？」

「又沒有什麼妨礙。看過你的朋友以後，我們立刻就回去。」

「對啊。畢竟我們還是想看看你提到的童年玩伴。哎，把我和淺蔥當成單純的路人就好，別放在心上。」

「就算不刻意躲躲藏藏，事先說一聲，我照樣會替你們介紹啊……」

這麼說來，提到約地點碰面的話題時，淺蔥和矢瀨也在場。或許他們多費這種心是怕打擾古城和老朋友敘舊。

想到這一點，古城也不好將淺蔥他們當成搗蛋鬼趕走，只得無奈地搖頭。隨後——

「——古城！」

不料，有人從他們頭頂大聲喊道。清澈的中音域嗓音，在擁塞的入境廳仍十分響亮。

受這陣呼喚聲牽引，古城不禁抬頭。映入眼簾的是一道飛縱而下的人影。有人從樓梯扶手探出身子，朝古城這裡跳了下來。

是個氣質活潑的女孩。

髮型屬於髮尾帶捲的短鮑伯頭，上衣是運動品牌的連帽束腰外衣。短褲底下露出來的腿修長苗條，瘦瘦的小腿肚和粗線條的籃球鞋搭配得格外俏麗。

「唔喔？」

古城當著訝異的淺蔥等人眼前，勉強把她接住了。結果古城保持和少女相擁的姿勢，呆愣地望著她說：

「優……優麻？」

「好久不見。看來你過得不錯，古城。」

叫優麻的少女使壞般瞇著眼笑了。要稱為野ㄚ頭，那笑容倒顯得太過嬌憐。古城嫌煩似的將人放下來，開口抱怨：

「……剛才差點讓我心跳停止。妳還是一樣亂來耶。」

哈哈——少女爽快地笑著並環顧周圍。看來她總算發現，剛才那陣騷動讓自己這些人成了大廳的焦點。貌似有些困擾的她吐吐舌，然後望著古城。

結果就在古城長吁時，凪沙將他推開，闖進了兩人之間。

「小優！」

「凪沙啊？妳變成美女了耶，我都認不出來嘍。」

「妳又來了……之前才寄過照片不是嗎？」

「不不不，真人比照片更賞心悅目。」

肉麻的做作台詞從她口裡說出來也會變得莫名有說服力，相當不可思議。

淺蔥原本恍惚地望著這個神祕少女和曉家兄妹對話，這下卻找了身旁的雪菜，揪著她的肩膀猛晃。

「這是怎樣？什麼狀況嘛！」

「問……問我也不會有答案吧……」

語塞的雪菜難得像這樣不知所措。古城應該是來接小學時代的朋友，為什麼會跟這樣的美少女狀甚親密地對話？負責監視第四真祖的她同樣一頭霧水。

「欸，古城。這是怎麼回事？」

淺蔥終於憋不住火，硬是將古城拉來逼問。朋友從未露出這麼殺氣騰騰的臉，讓古城丈二金剛地凝望對方。

「妳在問什麼？」

「那一位是什麼人？」

雪菜繞到古城背後問。她和淺蔥看似聯手的局面可稱一奇。受到夾攻的古城無路可逃，只得尷尬地聳肩回答：

「說過啦，她是我的童年玩伴。」

「不過，那一位是女生吧？」

「話說回來，她根本是大美女嘛！」

雪菜和淺蔥幾乎同時吐槽。

古城臉上表情越顯困惑地說：

「……嚷嚷什麼啊？妳們昨天不是也看過照片了嗎？在我家的時候。」

「對喔，這麼說來，他確實沒說約好碰面的對象是男生。」

冷靜指出盲點的是矢瀨。淺蔥和雪菜咬著嘴唇，悶聲沉默下來。

既然是古城的好友，他們都理所當然地將對方想成男生。不過說起來，曉家兄妹一次也沒有提到對方是男生。那張照片上的人物，以男生而言反倒顯得太過美型。

況且和凪沙聊得興高采烈的神祕少女臉上，還留著影中人的神韻。這就表示，兩人果真是同一個人——證明完畢。

「——古城，他們是你在學校的朋友嗎？」

受到動搖的淺蔥等人至今仍無法振作，身為元兇的神祕少女朝他們走近，親切地露出微笑。儘管身高和淺蔥相去不遠，毫無贅肉的結實身軀和接近八頭身的體型，著實讓人覺得根本是犯規。

加上清秀的笑容。只要她有意，大概不分男女老幼都會被迷倒。

不過古城也許是習慣了，即使面對她的笑容，依然連眉毛都不動一下。

「是啊。這幾個女生是凪沙的同學。」

依序介紹過夏音和雪菜以後，古城草率地指著淺蔥他們。

「——然後，在這邊的單純是路人。」

「你叫誰路人！」

反射性回嘴的淺蔥大動肝火。古城不滿地皺著臉說：

「不是你們自己叫我把你們當路人的嗎？」

「啊哈哈，古城平時受各位照顧了。」

少女一臉愉快地望著淺蔥等人的互動，一邊也禮數周到地低頭行禮。

「我叫仙都木優麻。請多指教。」

2

古城等人放棄搭擠得要命的單軌列車，改坐巴士往基石之門移動。

絃神市內最壯觀的這棟大樓是管理人工島全區域的中樞設施，但同時也有高級品牌的店鋪匯集於此，屬於島內最頂尖的時尚據點。

基石之門也一併為參訪者設有魔族特區博物館及土產店，把這裡當作遊覽絃神島的第一站，對當地居民來說是常識。

將博物館逛完一圈以後，古城等人走進矢瀨推薦的小巧自助餐館。店裡略顯陳舊，但也算是氣氛雅致的好店。

由於只剩四人座的桌子有空位，他們入座時決定拆成兩桌，分別是國中部三人及高中生。高中生由淺蔥、矢瀨、古城和優麻一組。古城和優麻去拿菜，所以淺蔥和矢瀨自動變成留在座位顧行李的人。

「……妳的臉看來很不是滋味。」

看淺蔥沒規矩地用吸管在裝著薑汁汽水的玻璃杯裡吹氣，矢瀨挖苦似的對她笑了。

「你似乎挺樂的。」

淺蔥帶著鬧脾氣的眼神回嘴，結果應聲肯定的矢瀨用力點頭說：

「她雖然比不上和我交往的學姊，也還是很有魅力耶。特別是那個腿還有腰，看起來苗條，其實胸部也頗有料。」

抱臂的矢瀨感觸良深地點評。

至今仍讓人難以置信的是，這男的其實有女朋友，而且對方是大他兩個學年的三年級女生。儘管性子有點怪，據說人人都誇那個女生是滿可愛的眼鏡美女。

或許就是仗著現充的本錢，矢瀨偶爾會亂高調地給淺蔥建議，不過那對淺蔥來說實在很令人火大。

「我也可以理解妳動搖的心情，沒想到古城還暗藏那種好對象。哎，那個傻蛋好像根本沒有發覺自己得天獨厚就是了。」

「那個傻蛋的腦子還停留在小學程度嘛。」

淺蔥並不否定自己動搖的心情，淡淡說起古城壞話。

在他們說三道四時，話題中的優麻等人就用托盤端著滿滿的料理回來了。諸如熱狗和洋蔥圈之類，全是味道不太會出差錯的菜色。

「久等嘍。我們隨便點了一些東西，像這樣可以嗎？」

「啊，嗯……謝謝。」

被優麻用爽快的笑容對待，淺蔥無心間臉紅了起來。即使剔除古城這點不講，坦白說，優麻是讓她覺得相處不來的類型，但面對這副親切笑容，要討厭對方實在很難。

「那雙涼鞋。」

優麻看了淺蔥在桌子底下晃來晃去的腳，面帶微笑地揚起眉。

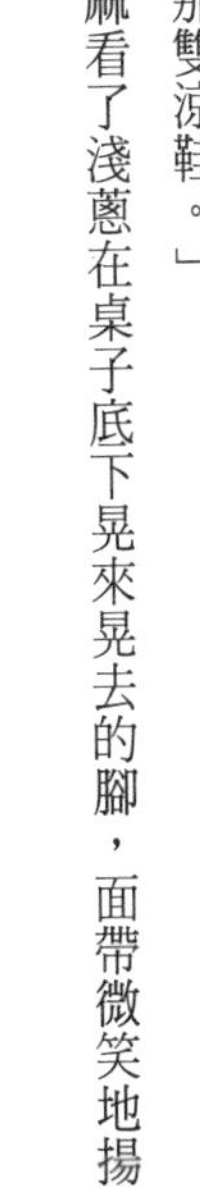

「咦？」

「那是Engl的限量色款對不對？和雜誌聯名推出的。」

「是沒錯啦……妳還真能認出來。」

「非常適合妳，好可愛。」

「謝……謝謝。」

淺蔥的嘴角不禁綻出笑意。今天穿出來的涼鞋是淺蔥不為人知的最愛，她寄了五十張手寫的抽獎明信片才總算弄到手。雖然並不算是能向別人炫耀的事情，有人了解其中價值還是讓她十分高興。

「害羞什麼啊，淺蔥？」

矢瀨眼尖注意到淺蔥的笑意，就一臉愉快地湊熱鬧。淺蔥橫眉豎目地說：

「囉……囉嗦耶。和你沒關係吧。」

「哦～～這雙鞋有那麼好嗎？」

「喂，你別看啦！」

被古城仔細盯著自己的玉腳，淺蔥慌得一腳將人踹開。

優麻望著三人間的互動，嘻笑之餘——

「這好好喝喔。」

她說著將湯舀進嘴裡，矢瀨則喜形於色地大聲感嘆：

「懂得欣賞這家店的味道，妳很厲害喔，仙都木。這裡在絃神島是內行人才知道的好地方。我只在這邊透露，據說他們用了在『魔族特區』實驗中回饋的特殊食材，也就是將魔族比人類更敏銳的味覺、嗅覺器官，應用在挑選材料上。」

「那真了不起耶。不介意的話，矢瀨你要不要來一口？」

優麻看似佩服地說，同時也將舀了湯的湯匙伸到矢瀨面前，正是所謂「啊～我餵你」的姿勢。矢瀨瞬間像是受了驚嚇而頓住，然後才紅著臉將頭伸過去。也許他很少這麼緊張，動作顯得頗生硬。

「很……很好喝。」

矢瀨用莫名恭敬的語氣講出感想。優麻則開心地點頭說：

「對吧？你喜歡真是太好了。」

「……害羞什麼啊？」

淺蔥望著明顯對優麻心動的矢瀨，一臉傻眼地問。苦惱般的矢瀨捧著頭說：

「不……不對啦，這是誤會。我已經有心儀的女性……唔喔！」

矢瀨的手機恰好在這時響起，讓他短短發出驚呼。從緊繃的表情來看，說不定就是他那個女朋友打電話來了。

與大受動搖的矢瀨恰恰相反，優麻的態度再平靜不過。對她來說，那點行為大概只算朋友間普通的互動吧。古城明白優麻這種個性，也不以為意地繼續用餐。

怪不得如此——淺蔥心想。古城對女生釋出的好感異樣遲鈍的個性，大概就是這樣培養出來的。最壞的情況，連淺蔥那次吻他都可能被當成普通的互動。

話雖如此，古城從小就有優麻這樣的女生陪在旁邊，淺蔥覺得這似乎也無可厚非。側眼看天生萬人迷的優麻開心地繼續用餐，淺蔥嘆道：

「……太作弊了啦。」

「妳是指什麼？」

「沒事。我只是覺得這樣的朋友配你太可惜。」

「會嗎……？」

古城不服地撇了嘴。

「別看她這樣子，這傢伙其實挺少根筋的喔。像小學五年級野外教學時——」

「說出來好嗎？古城？爆那個料，自然也要提到你那件事喔？」

優麻一臉從容地恐嚇古城。古城連忙表示臣服。

「對不起，請放我一馬。」

看古城他們嬉鬧，淺蔥又開始往玻璃杯吹泡泡。

承認了是頗不服氣，但優麻確實算魅力滿點的少女。不過，幸好她和古城之間並沒有戀愛情愫的氣息。至少古城完全把對方視同哥兒們對待，並非因為他遲鈍，老朋友間八成就是這樣。就淺蔥來說，矢瀨基樹對她也屬於類似的定位。

可是，她覺得亂不放心。那是一股隱約的直覺。

和發現程式裡潛藏重大錯誤時一樣不對勁。儘管沒有任何一項具體的根據，淺蔥絕不會無視那種異樣感。因為她從經驗中學到，那和重大的危機息息相關。原來是這樣——淺蔥產生自覺。她不欣賞仙都木優麻這個人。

當淺蔥懷著那種聳動的念頭時，為了接手機而跑到外面的矢瀨回來了。

「你是說真的吧……明白了。我立刻回去。」

矢瀨一臉嚴肅地說完，然後粗魯地切斷電話。

「矢瀨？怎麼了嗎？」

「啊，抱歉。有一點瑣事必須處理，我要先閃人了。」

他立刻變回平時的輕浮口氣，但眉間的皺紋並沒有消失。看來是發生了非同小可的緊急事態。

「怎麼樣？女朋友找你？」

「哎，差不多。掰啦。」

矢瀨抓起愛用的耳機衝到店外。原本叼著薯條的古城還傻愣愣地目送他，結果——

「喂，慢著！先把你吃東西的錢付清！」

「呼哈哈哈哈哈！」

「你笑屁啊！」

店裡其他客人也傻眼地目送矢瀨那長笑著離去的模樣。

傷腦筋——淺蔥如此嘀咕，然後就和面對面坐著的優麻對上眼。看她爽快地回以微笑，淺蔥又在心裡重覆一遍相同的台詞——傷腦筋。

「咦……？」

隨後，淺蔥感覺到小包包裡的智慧型手機震動，於是歪了頭。那支手機是她私人的工作用品。從黑市弄到手，還經過多種非法改造的這支手機，應該沒人知道號碼。

「抱歉，我接一下電話。」

淺蔥朝古城等人揮了揮手，然後從座位起身。是的，沒人知道這支智慧型手機的號碼。這表示來電的不是人類。

按下接聽鈕，從智慧型手機發聲孔傳來的是合成人工音效。

『——小姐嗎？不好意思，在妳放假時打擾。』

「怎樣啦，摩怪？有事可不可以之後再說？」

淺蔥不開心地向人工智慧搭檔回嘴。摩怪算是附身於絃神島的精怪——統掌絃神島所有都市機能的五部超級電腦的化身。儘管具備世界最高水準的傲人演算能力，卻有不少毛病而讓人難以駕馭，評價並不好。但它莫名和淺蔥合得來。

那樣的人工智慧會特地用低效率的音訊通話和淺蔥聯絡，代表這段通訊經過它嚴加保密的鎖碼處理。

像是替淺蔥的推測背書，摩怪告訴她：

『抱歉，我們這邊不太有餘裕。緊急事態。等級Ⅲ的特區防衛態勢發布了。』

「啥？怎麼搞的？發生大規模恐怖攻擊事件了嗎？」

淺蔥愕然反問。她料想過會有麻煩，但是等級Ⅲ則出乎意外。在顯示「魔族特區」危機狀況的標準中，由上算起排行第三。代表絃神市的都市機能發生嚴重障礙，將對眾多人命造成風險。

從淺蔥開始在管理公社打工以來，等級Ⅲ只被發布過一次。就是洛坦陵奇亞的殲教師對基石之門發動攻擊那時候。

當時，特區警備隊的機動隊員曾出現百名以上的傷患。意思是與那同等程度的危機，目前正逼向絃神島。

『哎，總之因為這樣，管理公社有十萬火急的工作要委託妳幫忙。拜託啦，小姐。』

摩怪沒對事情做什麼像樣的說明，只單方面央求。那反而象徵了問題的嚴重性。縱使淺蔥被稱作天才駭客，對於身分不過是一介打工學生的她來說，狀況有些沉重過頭。話雖如此，她似乎也不能視若無睹。

「唉……知道了啦。我現在就去，你等著。搞什麼嘛，真是的。」

淺蔥口氣軟弱地如此交代完便結束通話。在她不知不覺間，似乎有什麼要命的事情正悄悄展開。

3

到十二樓換搭電梯，就能前往更上面的瞭望塔。

電梯門一開，眼前是懸於高空、鑲滿整面透明玻璃的大廳。

絃神島正中央，位於基石之門頂層的瞭望台——

那裡不折不扣是島內最高的地方。

「唔哇，風景好壯觀！」

凪沙毫不畏懼地衝到玻璃地板上尖聲歡呼。

甜甜圈型的大廳直徑約十公尺。由於牆壁和地板大部分都由玻璃鋪設而成，這裡幾乎可以環顧絃神市所有區域。地板整體會緩緩旋轉，光站著就能將三百六十度的全方位景觀一覽無遺是這裡的賣點。

「我第一次來瞭望台喔，之前就想上來看看了耶。根本比我想像的還高。哇，有紀念幣的自動販賣機！還有鑰匙圈！」

「好貴……搭一下電梯就設定成這種價位，未免太削錢了吧？」

和興奮得像小孩的妹妹成對比，被迫替大家付入場費的古城臉上愁雲慘霧。

就算是島內最高的地方，光上來樓頂一個人就要付一千圓，這種觀光景點價格對高中生的錢包太具殺傷力了。然而大廳裡卻比預想中還擠。這裡果然是遊覽絃神市的必經景點。

「有點恐怖呢。總覺得像浮在半空。」

雪菜一邊畏畏縮縮地確認牢靠程度一邊踏上地板。她慎重地避開玻璃，只走在金屬橫樑上的模樣顯得頗逗趣。

「對喔，姬柊妳不習慣搭飛機嘛。」

古城發現她的手絕不離開扶手便如此說道。

對於不擅使用一切機械的雪菜來說，飛機給她的印象似乎是飛在天上的不明鐵塊。她對旋轉式瞭望台的感想，大概也差不多。

但是賭上監視者的自尊，雪菜好像不想被古城知道自己會怕——

「並不是。有這麼多人站上來，我只是擔心玻璃的強度而已。總之我並沒有害怕，不是學長想的那樣。」

「好好好。」

隨意聽完雪菜逞強的藉口，古城伸手對她說：「來吧。」雪菜猶豫一會兒以後回答：

「謝……謝謝。」

她說著牽了古城的手。將雪菜帶到牆際的夏音旁邊，似乎才讓她稍微放心，兩個人都眼睛發亮地朝設置在瞭望台的望遠鏡探頭。

古城守候著她們，心情就像替小學生帶隊的老師，結果優麻過來用手肘頂了他的側腹。

「那女生好漂亮。是你的女朋友嗎？」

「啥？」

古城一臉納悶地回望賊笑的優麻，接著搖頭頻頻否認：

「之前就說過了吧？她是凪沙的同學。」

「可是你們感覺很親密耶。」

「唔……啊，因為我們住在同一棟公寓。碰巧，剛好而已。」

總不能說出真相「因為我是吸血鬼，隨時都被她監視」，古城找了個牽強的藉口。優麻不顯懷疑，只露出若有深意的苦笑。

「哦～碰巧啊？」

「怎樣啦？」

「沒事。我覺得，古城你還是老樣子。」

「也不盡然啦。」

優麻不經意的一句話，讓人感受到命運的諷刺，古城自嘲般發出嘆息。

這次和她見面幾乎快隔了四年，其間發生過滿大的風波。凪沙曾遭遇事故而徘徊於生死邊緣，父母離婚、古城本身更獲得「第四真祖」這種荒謬的體質。

即使如此，現在還能像這樣和知交重逢，古城覺得也許是一種奇蹟似的運氣。

「優麻妳才是吧，看妳都沒變，我放心了。」

古城感慨萬千地說完，這回換優麻喪氣般垂下肩膀。

「……好受傷喔。我可是認為自己變得挺有女人味了耶。」

優麻嘀嘀咕咕說得讓人聽不見，而古城一臉不解地回望她問：

「嗯？」

「沒事啦。不講那些了，風景真棒耶。這就是古城你住的城市啊。」

優麻像個孩子似的將額頭貼著玻璃窗說。

眼底是大樓雲集的絃神市區，再過去則是藍藍的海面，一路延伸至海平線。人工島特有的光景，古城也是初次目睹。

古城因燦爛海面反射而瞇起眼咕噥。

「這樣一看，會覺得是座小島。」

秀髮隨風飄揚的優麻搖搖頭說：

「不過很有趣啊。整座島就像主題樂園，真的是『魔族特區』呢。」

「平時會比較單調就是了。現在的話，因為是慶典前夕嘛。」

「慶典前夕……真的耶。」

優麻在低語間露出微笑。繞行城市上空的廣告飛行船正好經過，宣傳著今晚的活動。慶典終於要正式開跑了。

當古城茫然望著飛行船體上印的女性偶像團體照時，手機在連帽衣的口袋裡震動了。

和優麻分開的他拿出手機一看，就對液晶螢幕上顯示的名字蹙了眉。來電者讓他有股說不出的負面預感。

「……煌坂嗎？很少看妳在這種時間打來耶。我這邊有點忙就是了。」

古城垮著臉告訴對方。煌坂紗矢華和雪菜一樣，是隸屬獅子王機關的攻魔師。古城跟她是在絃神市上個月發生的某項恐怖事件中認識的。

在那之後，紗矢華就莫名地常常打電話給古城。來電也沒什麼大不了的目的，似乎都只為了問古城沒有手機的雪菜狀況如何。紗矢華以往和雪菜是室友，到現在仍像個保護過度而溺愛她的姊姊。

反正這次也是為了關心雪菜吧？古城原本打算隨便應付過去，從發聲孔傳出的嗓音卻不是紗矢華，而是來自於一名意外人物。

『呵呵呵，是我。』

「咦？」

冷不防被對方嚇著的古城拉高音調。

「這聲音……是拉．芙莉亞嗎？這支手機號碼是煌坂的吧？」

『因為你的號碼被紗矢華登錄在通訊錄的「最愛」，我試著撥了一下……啊，妳這是做什麼，紗矢華？』

『——唔……喂？曉古城？』

電話另一頭先是傳來搶手機的聲音，然後才變成紗矢華慌張不已的嗓音。

『你可不要誤會，這支手機附了讓登錄成「最愛」的人統統變不幸的功能。就這樣！』

「這功能還滿毒的。」

古城皺著臉咕噥。身為詛咒及暗殺專家的紗矢華會這麼說，聽來未必是玩笑。

「所以，妳們打來要幹嘛？公主不是回國了嗎？」

『原本預定是這樣，可是狀況改變了。公主沒有搭到飛機。』

「難不成還會迷路？」

古城傻眼般反問。公主——拉．芙莉亞．立赫班是阿爾迪基亞王國的第一公主。而紗矢華理應是負責保護祕密訪日的她。

聽說公主預定會搭日本政府安排的專機，在今天一大早回國。

但她們目前還在一起，代表公主的反覆無常又發作了，不然只能想成紗矢華出了亂子。

『要說是迷路……也無法完全否認就是了。』

紗矢華答得吞吞吐吐。

『我將發生的事情一五一十告訴你喔。我們本來想搭上專機，人卻跑到建築中的增設人工島了。』

「……抱歉，我不太懂妳在說什麼。」

古城坦白道出感想。他和紗矢華對話常有牛頭不對馬嘴的狀況，可是這次特別誇張。

「妳說增設人工島，是上次古代兵器摧毀掉的那裡嗎？幾乎在島的相反側耶？」

『我們也不明白發生了什麼事嘛！』

紗矢華鬧脾氣似的大叫。

『總之狀況就是這樣。』

「……所以我該怎麼做才好？」

心裡不太能釋懷的古城如此問道。他知道那兩個人被捲入麻煩了，卻不覺得自己能幫上她們的忙。身為攻魔師的紗矢華自然不提，手裡一會兒握著咒式槍，一會兒又拿擬造聖劍（匠英系統）揮來揮去的公主同樣具備超凡戰鬥力。普通魔族或罪犯就算群起圍攻，也不是她們的對手。即使古城趕去，別說擔任護衛了，根本只會礙手礙腳而已。

然而公主口中提到的，是個讓他略感意外的人名。

『我想拜託你的，是關於夏音的事。』

叶瀨夏音是阿爾迪基亞前任國王的女兒，在法律上相當於拉·芙莉亞的姑姑，實際上對她而言卻像妹妹。古城回想起這件事。

「要找叶瀨的話，她現在就在這裡喔？」

古城望向膽顫心驚地俯瞰著地上的夏音，然後告訴拉·芙莉亞。

什麼——氣沖沖地尖聲怒罵的是紗矢華。

『她怎麼會跟你在一起？難道你這次想對那個女生出手……？』

「我沒那個意思！姬柊也在一起，所以妳放心啦。」

『什麼嘛，你在炫耀嗎？我……我才不會羨慕！』

公主從激動得前言不接後語的紗矢華那裡搶走手機，繼續說道：

『我聯絡不上為了保護夏音而召來的阿爾迪基亞騎士。這次的異變想來和她無關，但能不能麻煩你幫忙關照她呢？』

「我明白了。照顧好叶瀨就行了吧？」

如果是這件事就沒什麼好抱怨。為了讓公主放心，古城一口答應下來。

拉．芙莉亞用打趣的口氣呵呵笑著說：

『拜託你了。你可以吸一點點她的那個當回報喔。』

『那怎麼可以啦！』

紗矢華留下一聲鬼哭神號般的尖叫，之後電話便切斷了。

古城累得莫名其妙，收起手機時發現雪菜在不知不覺間已經站到旁邊。

「剛才的聲音是紗矢華嗎？」

不知道為什麼，雪菜帶著五味雜陳的表情。對於紗矢華沒聯絡自己而是聯絡古城，她好像有種微妙的心結。

可是，古城不懂那種心結的由來。紗矢華「討厭」古城這一點，雪菜也很清楚才對，所以他認為雪菜頂多只是擔心而已。

「狀況我不太了解，但她好像和拉．芙莉亞一起捲進麻煩了。說是原本想搭飛機，結果卻不知不覺跑到了上次那座增設人工島。」

「……那是怎麼回事？」

「天曉得。感覺也不像受到攻擊就是了。」

儘管那兩人肯定身處異常狀況，態度卻顯得游刃有餘。暫且不管應該也沒問題。

雪菜大概也和古城抱持同樣想法，冷靜地點頭說：

「憑那兩個人，只要沒碰上太嚴重的事，我想不會有問題。」

「對啊。她們也沒有多提自己，只叫我們幫忙顧好叶瀨。」

聽完公主委託的內容，雪菜好像已經能理解大致情形。「原來如此。」她望著窗邊的叶瀨，一本正經地點頭附和。

「總而言之，叶瀨交給那月美眉就安心了吧。」

「是啊。況且白天有我們跟著，傍晚再送她到南宮老師府上就好。」

「對嘛。」

夏音的保護方針不用特地討論就輕鬆敲定了。在這座絃神島上，要說沒有地方比身為優秀攻魔官的南宮那月身邊更安全，倒也不為過。只要帶著夏音和那月會合，古城等人的任務就結束了。

在那之前，先和那月聯絡一聲比較好——當古城這麼想著，打算再次拿出手機時，電梯附近傳來些微的騷動。或許是來了什麼名人，感覺所有遊客都把路讓出來，遠遠圍成一圈旁觀，還能聽見相機快門聲四處響起。

「怎麼了？」

「不曉得。」

古城和雪菜朝彼此點頭，同時也探了探現場的騷動。該提防的還是提防，不過倒沒有感覺到殺戮氣息。可是——

「啊，你們在這裡！古城哥，你來一下，快點！」

撥開圍觀群眾的凪沙探出頭，莫名慌張地叫了古城。

而從凪沙後頭露出臉的，是個明顯和現場不搭調的女僕裝少女。藍色頭髮、淡藍色眼睛、人偶般無機質的美麗臉孔。人工生命體少女察覺到古城等人在場，便用缺乏抑揚頓挫的語氣細聲說道：

「以肉眼確認搜尋對象。」

「亞……亞絲塔露蒂？」

古城愣著叫了她的名字。女僕扮相的人工生命體。對於從遠方來到「魔族特區」觀光的遊客來說，鮮有這麼容易理解又具代表性的人物吧。也難怪亞絲塔露蒂會備受注目。

「『魔族特區』的女僕都像這樣嗎？古城？」

當然，不明其中原由的優麻也一臉驚訝地問了古城。

「好厲害喔。沒想到你會認識當女僕的人工生命體……」

「呃，她的本行並不是女僕啦。」

古城為了亞絲塔露蒂的名譽加以解釋。她會穿那種服裝單純是出於目前擔任監護者的那月的喜好，儘管她本人似乎也不排斥就是了。

「妳在這種地方做什麼？亞絲塔露蒂？那月美眉有交代妳什麼嗎？」

古城無意識提起戒心問道。他懷疑是那個霸道的班導師又想要求他做什麼麻煩的工作。

亞絲塔露蒂會知道古城等人的所在地，想來並不特別奇怪。由於某項因素，她維持生命的魔力是由古城供給。沿著魔力傳導的路徑，亞絲塔露蒂好像能大概掌握到古城所在的方位。利用這項特質，那月會將聯繫古城的傳令之職推給她，也是十分有可能的事。

不過，亞絲塔露蒂的回答卻出乎意料。

「報告現狀。在今日上午九點的定時聯絡，已和教官失去聯繫。」

「……失去聯繫？」

「意思是南宮老師失蹤了嗎？」

古城和雪菜都用半信半疑的表情反問。亞絲塔露蒂淡然點頭。

「我表示肯定。發訊器以及符咒的反應皆已消失。」

「真的假的……」

古城心裡的不安逐漸擴大。

即使聽見南宮那月失蹤，也不太能體會到真實感。那月已經不是會離家出走的年紀，過得那樣作威作福的她，實在不可能主動躲起來。話雖如此，有本事綁架她的人感覺更難找。古城還有雪菜當然不用說，要是和那月動真格交手，就連迪米特列．瓦特拉那個戰鬥狂會不會贏也是未知數——

可是，萬一那月真的失蹤，就代表絃神島存在著足以令她遭遇變故的威脅。

「這種情況的應對程序，教官事前吩咐過。」

亞絲塔露蒂以不帶感情的口吻告知無法隱藏內心動搖的古城他們。

「應對程序？」

「將叶瀨夏音設為優先保護對象——她如此交代。」

「這……這樣喔……」

果然那月身為監護人，也很關心夏音。

「……等等，那月美眉之前就知道自己會失去下落嗎？」

「不明。由於資料不足而無法回答。」

「……也對。抱歉。」

古城能體察亞絲塔露蒂的心情，便向她賠罪。儘管臉上沒顯露出來，亞絲塔露蒂同樣對那月失蹤一事感到不安。她默默望著古城，不知那看來微微動搖的目光是否出於心理作用。

「總覺得……苗頭不對耶。」

古城帶著一副苦瓜臉嘀咕。

紗矢華和拉．芙莉亞體驗的異變；那月失蹤；先不管矢瀨，淺蔥會突然被人工島管理公社找去也令人掛懷。

有股預感表示在古城他們未察覺時，正無端發生某種恐怖的事。

至少還值得慶幸的是，並沒有人具體遭遇到危險。

「我有同感。」

雪菜說著也認真苦思。

優麻則一臉不可思議地呆呆望著臉色嚴肅的古城他們。

4

日落以前，古城等人就簡單繞完島上一圈然後回家了。因為他們決定略過前夜祭，今晚要提早休息。畢竟那月失蹤的事情讓人在意，而且再怎麼說，波朧院節慶的重頭戲從明天才開始。

「好可惜喔。要是雪菜她們也能一起吃晚餐就好了。」

凪沙一邊在廚房猛剁高麗菜，一邊略顯寂寞地噘著嘴。

協議過後，他們決定今天晚上讓夏音和亞絲塔露蒂住在雪菜房間。

雪菜屬於擅長打帶跑的劍巫，以戰術特性而言並不擅長護衛任務，但她具備出眾戰鬥力這點絕不會錯。只要有亞絲塔露蒂支援，就算面對段數高超的強敵，要保護好夏音應該不算難事。

據說到了明天，從阿爾迪基亞本土增派的騎士就會抵達，而古城等人也抱著淡淡期待，認為那月說不定在援軍趕到以前就會突然跑回來。

「八成是為我們著想吧。人太多，也沒辦法和優麻好好聊天啊。」

古城躺在客廳沙發上，一邊看著波朧院節慶的特別節目一邊拚命找藉口。患有重度魔族恐懼症的凪沙，對身為人工生命體的亞絲塔露蒂好像並沒有那麼介意。她應該也記得，亞絲塔露蒂之前曾賭命從恐怖分子手裡保護自己。

但既然那月失蹤，又有人可能對夏音不利，凪沙和優麻這些局外者還是盡量隔離開來比較好。儘管稱作隔離，雪菜其實就住在古城這棟公寓的隔壁房間。

「對喔。長途跋涉，小優也累了對不對？還拉著妳到處跑，對不起喔。」

凪沙或許是接受了古城的說詞，一個轉身使得圍裙翻飛。

「不會，我玩得相當盡興啊。能見到凪沙和古城的朋友也很棒。」

在沙發上盤腿而坐的優麻爽朗地露出微笑。凪沙略顯得意地挺胸說：

「她們都長得好可愛，對不對？啊，矢瀨放到一邊不提，誰比較合小優的喜好？」

「基本上我也是女生耶。」

凪沙問得一副理所當然的樣子，連優麻也不由得苦笑。

「不過，我想想看。那個女生是叫姬柊對吧？我對她或許有點在意。」

「誰叫雪菜可愛嘛。雖然偶爾會有點脫線，不過那也很可愛。」

抱臂的凪沙頻頻點頭稱是。有一瞬間貌似望著遠方的優麻又說：

「……而且從古城身上不時會傳來和她相同的味道。」

「咦！那是什麼意思？」

凪沙握緊菜刀，狠狠地瞪向古城。相同的味道——優麻這番發言好像被她解讀成物理方面的氣味了。無辜的古城自然只能悶不吭聲。雖然在客滿的電車和雪菜緊貼後，說不定會沾染一絲餘香，不過那是昨天早上的事。

「呃，妳想嘛，古城偶爾會和她鬼鬼祟祟地說悄悄話。我是覺得他們很要好啦。」

優麻連忙補充說明。出聲附和的凪沙放下菜刀，神采奕奕地微笑著說：

「這一點，人家也從之前就覺得好奇耶。嗯，那麼今天晚上，我們兩個就針對這部分來逼問古城哥好了！」

「不錯喔。專程來絃神島，算是值回票價了。」

優麻答得格外有勁。放過我吧——這麼想的古城捂著眼睛，抬頭望向天花板。

「古城哥，你不幫忙準備晚餐，就先去洗澡嘛。我約好之後要跟小優一起洗了。」

「知道啦～」

被凪沙嫌礙事似的開口趕人，古城一臉慵懶地起身。洗澡也挺費事，簡單沖一沖算了——古城心裡這麼想著，帶著更換的衣物走向置衣間。

附近明明發生了神祕異變，並不是悠哉洗澡的時候吧？儘管古城也有這種感覺，但表面上只是一介普通高中生的他，目前也無能為力。換成那月，大概可以從特區警備隊調出情資，可是最要緊的她既然失蹤，古城就束手無策了。

對於難得來玩的優麻是過意不去，不過情況假如到了明天還沒有改善，也許就要取消帶她逛節慶的行程，改成搜索那月下落比較好。

古城思考著那些，東摸西摸地脫掉衣服，然後拉開浴室的門。

拉開瀰漫著白茫霧氣的浴室的門——

「呃……咦？」

古城無法理解眼前展現的光景，僵了一陣子。

浴室裡有人先到了。

雙頰微微泛紅的人工生命體，纖瘦身軀在浴缸的熱水中。清洗身體的沐浴處前面，則有銀髮少女搓著洗髮精的泡泡。

察覺到古城進浴室的動靜，少女們同時轉頭。

「是大哥……嗎？」

「確認為第四真祖入侵。」

「叶瀨和……亞絲塔露蒂？為什麼……！」

想不透的古城望向周圍。狀況太過異常，他連驚嚇的心思都沒有。

浴室裡的格局和古城家幾乎相同，只不過浴缸和水龍頭的位置呈鏡像對稱。這種設計在同棟公寓的相鄰兩戶很常見。擺在架子上的洗髮精和沐浴乳是古城不認識的牌子，但香味和雪菜的頭髮一樣。

總括這些資訊，將這裡判斷成雪菜家裡的浴室應該不會錯。這樣一來，夏音和亞絲塔露蒂會在這裡洗澡也就情有可原。

換句話說，古城是打算在自己家裡沖個澡，卻不小心跑進隔壁雪菜家的浴室了。哪會有這種蠢事？古城心想。哪會有這種蠢事？

「對不起。我們先用浴室了。」

夏音正在洗頭，卻還是禮數周到地行禮問候。即使沾滿泡泡，她晶瑩剔透的白皙膚色仍看得十分清楚。

「呃，啊……請慢用。」

古城也用冷靜的口氣回答。亞絲塔露蒂面無表情投過來的目光，讓他相當不堪。

古城直接轉身離開浴室以後順手帶上門。

瞬時間，汗如雨下的他渾身濕透。

「……剛才那是怎麼搞的？什麼情況？」

古城再次環顧四周。眼前是熟悉的曉家置衣間，洗臉台架上也確實擺著他的牙刷。

為慎重起見，他也到置衣間外面確認，但那裡果不其然是古城他們的房間，廚房則有準備晚餐的凪沙及優麻幫忙她的身影。

屋裡全都和平時一樣。要說有哪裡不同，就是凪沙她們的表情。

「古城哥……你……在做什麼？」

「咦？」

「那個……感覺……有點困擾耶。現在還是傍晚，而且我心裡還沒準備好……」

「咦？啊……！」

臉紅到耳根的凪沙顏面抽搐，用手掌遮著眼睛的優麻露出苦笑。古城從她們的反應才想起自己什麼也沒穿。

當著讀國中的妹妹，還有睽違四年重逢的青梅竹馬面前，光溜溜地怪聲怪叫衝出來的高中男生。這正是古城目前的寫照。無比接近變態——不如說，就是變態。

「唔……唔哇啊啊啊啊啊啊啊啊啊！」

古城慘叫著跑回置衣間。

背後則傳來凪沙的尖叫聲，以及她丟來的盤子砸破的聲音。

5

那時候，藍羽淺蔥還待在基石之門。位於人工島底部的地下十二樓，人工島管理公社的保安部。

令人聯想到噴射客機駕駛席的半球狀隔間裡，有機性配置著無數螢幕；鍵盤及軌跡球一類的原始輸入裝置，有如管風琴琴鍵般層層交疊。房間好似埋在機械堆中，帶有一股詭異壓迫感，對淺蔥而言卻舒適得形同自己家。

顯示於正面螢幕的，是區隔成豐富色塊的市區三次元影像，以及旁人看來意義不明的數列。那是淺蔥執行過測試程式的分析結果。

淺蔥吸著代替宵夜的果凍飲料，看了這些數字良久，然後發現開來和人工智慧通訊用的視窗被不相干的ＩＤ（用戶）闖入，因而面露苦色。

『噢噢——！還以為是誰呢，這不是摩怪的主人嗎！』

自己冒出來的通訊語音，是電子合成的男性粗嗓音。

他是和淺蔥有所交流的程式設計師，同樣屬於被人工島管理公社招聘的非正職員工。和腦袋感覺不靈光的講話方式呈對比，他是擅長將入侵分子擊退的高超攔截者（Interceptor），算是公社僱用的保鏢。

「唔哇，夠悶的傢伙又冒出來了。」淺蔥忍不住透露心聲。

然而，對方不以為意地豪爽笑道：

『哈哈哈，動用到「女帝」，顯然人工島管理公社也被逼急了是也。哎，樂哉樂哉。』

「——你也被叫來了？『戰車手』？」

『然也。此次風波實在有趣。莫非連妳也相信這種混亂單純起於病毒或ＧＰＳ故障？』

「差不多。」淺蔥坦然認同他的主張。面對和自己同等級的駭客，事到如今再隱瞞也沒意義。「不過說真的，這到底是什麼狀況啊？」

『嗯。對道路標誌的怨言；行車導航系統故障；著陸誘導裝置出錯；迷路的諮詢不計其數。人工島上的網路無疑是出了什麼障礙。』

「戰車手」咕噥得意外認真。他的情報名不虛傳地準確。

人工島管理公社在絃神島各個角落都鋪下精密的資訊網路，藉此維持島內生態環境。水及電力的供給自然包含在內，而管控交通網路則屬於重要卻不被熟知的業務。

在原本就地狹人稠、食物等民生物資又幾乎全部仰賴外界進口的人工島上，物流網一混亂，立刻就會對島民的生活帶來負面影響。

正因如此，靠著管理萬般訊息，從單軌列車的運作及道路資訊，乃至人行道的道路標誌，人工島管理公社一直都致力於維持順暢的交通網。

可是大約從半天前開始，那塊資訊網路就冒出了許多毛病。

道路標誌和行車導航系統都將人領向和目的地完全不同的方位，由自動駕駛系統誘導的飛機也錯失島嶼位置，在商業設施中接連有人迷路。

這是原因不明的大規模網路障礙。

『節慶中有眾多企業放假，屬於不幸中的大幸是也。否則本日的經濟損失，不知能不能控制在十億或二十億以內。』

「……也對。畢竟觀光客很多，他們只是沒有自覺，說不定實際迷路的人數還更多。」

『嗯。』

得到淺蔥的附和，「戰車手」斷然說道：

『不過，能在這裡和妳相遇實為僥倖。老實說，憑在下一人之手已經無法應付。這一波突破「魔族特區」防火牆的電腦攻擊，妳覺得對方是用何種手段？』

「這個嘛。」

淺蔥懶散地沉沉躺向椅墊的靠背，語帶疲倦地說：

「我在想，這真的是電腦攻擊嗎？」

唔——「戰車手」如此低呼。

『這話可就怪哉。如今島上各種迴路及定位情報系統不是全顯示異常數據乎？』

「可是，個別的感應器和中繼器材都沒發現異常，也沒有病毒汙染的跡象。」

淺蔥說著陸續切換螢幕顯示的分析影像。

刻劃在上頭的所有資料，都指出人工島管理公社的網路目前仍正常運作。

「既然如此，是不是可以這麼想？網路並沒有發生障礙，系統顯示的數據也全部正確。錯亂的，反而是這座城市。」

『妳的意思是，絃神島周遭的空間出現異常……？』

「戰車手」沉默下來。同時在多處發生大規模障礙，自然會懷疑是程式本身的錯誤或來自外界的電腦攻擊。大概正因如此，人工島管理公社才會將身為攔截者的「戰車手」也叫來。但即使憑他的能力，也無法找出有駭客入侵的跡象。

不過，假如發生障礙的並非資訊網路，而是現實中的空間——

正常運作的網路和現實情形會產生矛盾，反倒理所當然不是嗎？

「又不是不可能，因為這裡是『魔族特區』啊。」

聽了淺蔥帶著諷刺味道的這番話，「戰車手」呵呵大笑。

『正是如此。然而操控空間的術式應屬高難度魔法。要徹底運用自如，非得是老練的高階魔法師或大魔女。更遑論影響遍及人工島整體的術式，在下認為並非常人能負擔。』

「……而且大費周章扭曲空間，又不知道有什麼好處。」

淺蔥不悅地噘嘴。她對自己的假設沒有把握，也是因為卡在這一點。「戰車手」同樣看似苦惱地說：

『然也。若要對絃神市的經濟造成打擊，裝顆炸彈更省時省事矣。』

『不對喔……慢會兒，小姐。』

插話進來的是摩怪。

『既然你們說是空間異常，十年前也發生過類似現象，記錄應該留在特區警備隊的凍結文檔。被當作重要機密就是了。』

「十年前凍結的記錄……」

淺蔥照著輔助型人工智慧的建議，搜索凍結文檔的內容。當然她是用非法的方式強行入侵，這比申請正規閱覽許可來得快。

『居然是闇誓書事件……！「書記魔女(Notaria)」？』

同樣入侵了文檔的「戰車手」嘶啞地驚呼。十年前震撼「魔族特區」的闇誓書事件。連當時剛升上小學的淺蔥，也記得那次風波。

「欸，摩怪……」

『啊？』

「你想不想得到，最近哪個犯罪組織有入侵絃神島的嫌疑？」

淺蔥聲音平靜地問搭檔。摩怪答得很快。

『……這麼說來，聽說LCO的成員闖進防衛網，特區警備隊那些人應該正在追喔？』

『哦……牽扯上「圖書館」可真棘手。』

「戰車手」貌似興奮地說。Library Of Criminal Organization，別稱LCO或者「圖書館」——那是世界知名的犯罪組織名號。據傳十年前的闇誓書事件也是由他們主導。

「是嗎……原來是這麼回事啊。」

最糟的假設一語成讖，連淺蔥也掩飾不了焦慮。絃神島全區出現的異變，以及ＬＣＯ成員入侵——這兩點恐怕不會毫無關聯。

而明天就是舉辦波朧院節慶的日子——大量觀光客來訪，讓「魔族特區」戒備變得最脆弱的期間。

「摩怪，聯絡人工島管理公社。明天大概會發生非常糟糕的事。」

她的這番話會成真。情況將比料想的更加慘烈。

6

「雖然我不太了解狀況……」

古城在冰涼的木頭地板上叩頭謝罪。屋子裡格局和曉家一樣，卻幾乎沒有家具而顯得空蕩。這裡是雪菜住的公寓客廳。

雪菜俯望著古城，端正地跪在他面前。

她旁邊還有剛洗過頭髮的夏音和亞絲塔露蒂。

「學長是因為偷窺叶瀨和亞絲塔露蒂洗澡，才過來自首的嗎？」

聽雪菜用異常平靜的語氣確認，古城連忙抬頭。

「不對！呃，雖然沒錯，可是最大的問題點並不在那裡吧！」

古城陰錯陽差地闖進夏音她們洗澡的浴室，這是事實，不過還有更重要的論點要討論才對。儘管只有短短一瞬，曉家的置衣間與隔壁姬柊家的浴室相連了。和那月失蹤比起來，這只算小事，但鐵定也是一起異變。

「可是，你有偷看對不對？」

仍望著古城的雪菜質疑。她那過於平靜的語氣讓人感受到莫名陰森的壓力，古城用力搖頭否認：

「亞……亞絲塔露蒂泡在浴缸裡，叶瀨也沾了洗髮精泡沫，所以我幾乎什麼都沒——」

「可是，你有偷看對不對？」

「……對不起。」

古城再次將額頭貼向地板。雪菜長長嘆息，舉止間彷彿透露著「真拿你沒辦法」。

另一方面，接受賠罪的夏音則低頭紅著臉說：

「讓……讓你見笑了。」

「呃，根本沒有什麼好見笑的。」

聽了夏音低聲答腔，古城立刻否定。畢竟對方是如假包換的公主，即使不談這一點，夏音仍是國中部首屈一指的美人胚子。雖然幾乎只看到背影，剎那間目睹她的冰肌玉膚，就已經鮮明地烙印在古城腦海中了。

古城無心間在腦中重現那個畫面。雪菜宛如看透他的想法，冰冷的視線刺了過來。

而且亞絲塔露蒂也落井下石般，用平常那副冷漠的語氣說：

「認可其謝罪。此外，我在過去也有被第四真祖目擊同樣姿態的記錄。」

「那次不是我的錯吧！是妳自己從培養槽爬出來……！」

被人點出已經快忘掉的舊事，古城驚慌不已。

古城確實曾和半裸的亞絲塔露蒂遇上，不過她當時在洛坦陵奇亞的殲教師身邊接受調整，和古城他們反倒是敵人。

不過夏音聽了亞絲塔露蒂的話，臉又更紅地低著頭說：

「我之前，也被大哥看過裸體……所以這點事情……並沒有關係……」

「那也是在妳變成天使時的事嘛！根本不可抗力吧！」

古城拚命強調自身清白。雪菜像是看不過去，無奈地搖頭說：

「總之學長是想進自己家裡的浴室，卻跑到了我這邊的浴室，對不對？」

「對……對啊……雖然我覺得妳大概聽不懂意思。」

「不，我懂。」

雪菜正經八百地反駁。

「畢竟我也不覺得叶瀨和亞絲塔露蒂會說謊……偷窺狂就另當別論了。」

「別叫我偷窺狂！」

「再說，還有紗矢華她們提到的那件事。」

「對喔……她們也說過原本想搭飛機，結果卻被傳送到增設人工島。」

聽了雪菜算是理所當然的提醒，古城對於自己沒想起這一點感到羞恥。

紗矢華她們被傳送到離機場相距甚遠的地方；古城則是誤闖鄰居家的浴室。所處的狀況和嚴重性完全不同，但是以瞬間移動這方面來說，兩件事是共通的。

「也許絃神島周圍的空間產生了某種扭曲。」

雪菜慎選用詞並低聲說道。古城頓時倒抽一口氣。

操控空間，還有應用其進行瞬間移動。那不是人稱「空隙魔女」的南宮那月最為擅長的魔法嗎——？

「空間的扭曲……？難道和那月美眉失蹤有關？」

「我不清楚。可是要當成巧合，感覺時間點未免太接近了。」

「是啊。」古城撇著嘴點頭附和。「如果能和那月美眉取得聯絡就好了，卻不知道要去哪裡找人。」

「而且這種情況下，隨便在外面走動也很危險。」

雪菜的語氣裡微微透露著不安。

「總之目前先觀望狀況好了。請學長回自己家裡。畢竟凪沙和優麻也有可能被波及，又無法保證下次一樣能順利回去。」

「對喔。那也是要顧慮的一點。」

這次古城剛好是被移轉到雪菜這間公寓的浴室，但是感覺下次並不會這麼單純了事。假如被移轉到海底或平流層就會當場慘死，連回來都沒辦法。

考慮到這一點，古城先前的體驗應該算十分幸運。

他既沒有赤身裸體地被甩到鬧區大街上，而且移轉後碰見的還是夏音和亞絲塔露蒂兩個熟人。

無心間想起她們入浴的模樣，古城又一次深深體會到自己的幸運。結果——

「學長……」

面對這樣的古城，雪菜又擺出恐怖的撲克臉瞪人。

古城順從動物的本能再度深深叩頭。

「真的非常抱歉……」

7

等著古城回家的是入浴中的凪沙和優麻。

話雖如此，古城穿過玄關時，並沒有被人不分青紅皂白地傳送到浴室。單純只是凪沙她們在浴室裡吵吵鬧鬧的說話聲傳到了古城所在的客廳而已。比如有沒有男朋友、欣賞的異性類型，這種女生不免都會聊到的主題；還有讓胸圍成長的方法；以及不能被男生聽到的露骨八卦；再加上古城不知情的五花八門私房祕辛。

古城並不是不好奇，但也實在不想從親妹妹口中聽到這種話題。話雖如此，他又不能開口提醒「外面聽得見喔」。苦悶得不知如何是好的他就帶著喝了一半的寶特瓶來到陽台。

凪沙她們肆無忌憚的聊天內容，再大聲也不至於傳到屋外。

古城疲軟地趴在陽台扶手上，也拿變溫的運動飲料灌進喉嚨。緊接著，驀地瞧見的光景讓他臉色驟變。

「……咦！」

拿著寶特瓶的手在顫抖。古城看的是穿過馬路後位於台地上的公園，直線距離大概接近一公里。

現在是日落以後，如果古城沒有吸血鬼的視力，出現在該處的人物也沒穿那麼顯眼的服裝，他應該不會注意到對方。

「假的吧……？為什麼……那傢伙會……！」

衝出屋子的古城連穿鞋子都沒耐性，一路跑下公寓樓梯。他跨過圈地的柵欄，直接穿越馬路，抄最短路徑到達台地。這種時候，他頗怨不能像個吸血鬼那樣飛的自己。

古城喘著氣趕到了目的地公園。

那個男子依然站在台地上。他冷冷睥睨著夜晚的市區，微微散發出肅殺之氣。

「——魯道夫．奧斯塔赫！」

古城喊了男子的姓名。對方是個將金髮剃得像軍人一樣短的外國人，左眼鑲著眼帶般的金屬製單眼鏡。

超過一百九十公分的高大身軀，披著聖職者般的法袍，底下穿戴的則是金屬製鎧甲。那是軍方的重裝步兵部隊使用的裝甲強化服。

特徵如此明顯的男性身影，古城不可能會看錯。

兩個月前曾和古城等人展開死鬥，令絃神島瀕臨瓦解的洛坦陵奇亞殲教師魯道夫．奧斯塔赫——亞絲塔露蒂過去的主人。

「為什麼你會在這裡？你不是回洛坦陵奇亞了嗎——？」

察覺古城的聲音，奧斯塔赫才緩緩回頭。

他用不知情緒起伏為何物的超然眼神望著古城，口氣仍顯得和緩。

「居然會遇見知道我俗名的人……你是什麼人？」

「少裝蒜！」

古城激動地大叫。

「絃神島已經決定歸還聖遺物了。你要忙的事應該結束了吧？或者你這次來，是要將亞絲塔露蒂帶回去？」

「既然連我的目的都瞭若指掌，就不能放過你。」

奧斯塔赫從法袍後頭拿出武器。那是眼熟的金屬半月斧（Bardiche）——具備巨大斧刃的戰斧。

他用來端詳古城的單眼鏡正不斷發出紅光，那會將分析出的情報直接投射於奧斯塔赫的眼簾。

「血統不明的吸血鬼……？哦……令人深惡痛絕的魔族也想阻擾我等的聖戰？那麼我作為一名殲教師，要誅殺你就沒有理由躊躇！」

「你……不記得我嗎？」

和奧斯塔赫的談話簡直沒半句對得上，古城感到一陣絕望。古城明白他憎恨絃神島，甚而想毀滅這裡的理由。可是，那場戰鬥已經結束了。儘管付出了眾多犧牲，絃神島仍千鈞一髮地躲過瓦解的下場，奧斯塔赫也收起矛頭就此回國。

「住手，大叔。我已經沒有理由和你鬥——」

「沉默吧，魔族！」

奧斯塔赫發出咆吼。他的肉體透過強化鎧加速，朝古城劈下半月斧。那不是躲得開的速度，但古城仍勉強閃開這一擊。他和奧斯塔赫以往曾數度交手，對其身手了然於心。

「我叫你住手，大叔……！」

古城當成擋箭牌的水泥長椅被奧斯塔赫輕易粉碎。他的破壞力依舊強得誇張，並非古城赤手空拳就能打倒。

這樣下去，在說服奧斯塔赫之前，古城兩三下就會被宰而一命嗚呼——

「可惡，你這死腦筋！迅即到來，獅子之……！」

古城迫不得已，決定召喚眷獸。

吸血鬼在自身的「血」中畜養著來自異界的召喚獸。那是具現化的龐大魔力聚合體，也是吸血鬼被畏為最強魔族的理由。

光是使其具現化，眷獸就會將宿主的壽命吸取殆盡，能使役它們的只有具備無限負之生命力的吸血鬼。不過，眷獸的破壞力正是因此才具壓倒性。

何況世界最強吸血鬼「第四真祖」的眷獸更能引起匹敵天災的浩劫，哪怕是洛坦陵奇亞

的殲教師也無從對抗。

可是，奧斯塔赫仍未停止攻擊——

「——太慢了！」

奧斯塔赫的戰斧比古城召喚眷獸還快。古城茫然望著巨大斧刃逼來，對死產生覺悟。

縱使被賦予世界最強的吸血鬼之力，古城本身在戰鬥方面依然屬於外行人。沒有雪菜的助力，洛坦陵奇亞的殲教師終究不是他能打倒的對手。

然而，戰斧的衝擊卻沒有掃向陷入絕望的古城。

「……大叔……？」

古城維持癱坐在地的窩囊姿勢，茫然環顧公園。

那裡沒有高大殲教師的身影，理應由他揮下的半月斧也消失了。

晚上的公園裡沒有其他人影，只有黯淡的街燈照著古城。

幻聽般傳來耳裡的，是遠遠響起的波朧院節慶前夜祭煙火聲。

奧斯塔赫消失得無影無蹤，只留下被破壞的長椅殘骸。

8

古城拖著疲憊的身體回到公寓。

他現在還是不明白發生了什麼事，心情像作了一場惡夢。

碰上奧斯塔赫原本是該轉達給雪菜的情報，不過古城煩惱到最後決定暫時隱瞞，因為亞絲塔露蒂在雪菜房裡。目前尚無證據證明那個殲教師確實存在，古城不想讓她白操心。

「你回來啦，古城。」

在屋裡，優麻正獨自等著古城。她早就洗完澡出來，頭髮也吹乾了。看看時鐘，已經接近深夜零點。這是奧斯塔赫消失後，古城還留在公園找線索而遊蕩了一陣子所致。

「抱歉。我回來晚了……咦？」

脫掉鞋子的古城回到客廳，朝屋裡看了一圈尋找妹妹的蹤影。

「找凪沙的話，她已經睡嘍。好像是玩得太累了。」

「……那傢伙是小學生嗎？」

確認過凪沙的房間關了燈，古城無奈地嘆氣。

客廳裡散亂擺著陌生的衣物。維多利亞風格的禮服、海盜造型裝、兔女郎及貓耳、天使、吸血鬼，還有南瓜妖怪扮裝服——

「這些衣服是怎麼回事？」

「用來試穿的啊。」優麻仰望困惑的古城，感到有趣似的。「波朧院節慶的遊客照風俗是要化裝的吧？」

「拿這些衣服玩角色扮演嗎……凪沙那傢伙，什麼時候準備了這種玩意？」

古城半傻眼地咕噥。

他的妹妹本來就愛參加活動，不過去年倒沒有興高采烈到這種地步。由於優麻來玩，她今年才會拚勁十足地準備吧。

仔細一瞧，準備的衣服裡面半數是男裝。還好剛才有出門——古城這麼想著，安心地捂了捂胸口。如果他留在公寓，就會被逼著試衣服了。

「優麻妳決定穿哪套？」

有些好奇的古城試著問道。現在優麻身上穿的是充當睡衣的樸素寬鬆運動服。說來確實很像優麻的作風，不過這樣的她到底選了什麼樣的服裝？古城單純感到有興趣。

「可以的話，能不能幫我看看？要換衣服就是了。」

如此說著的優麻站起身。好啊——古城隨口答應。

「不好意思，還讓妳特地換衣服。」

「沒關係，不會花多少時間。」

優麻說著將手伸向運動服長褲，接著在古城眼前忽然將那脫了下來。白淨大腿露得毫不保留，將古城的目光吸引過去。

「優……優麻……？換衣服……是指在這裡換嗎！」

「現在還有什麼好大驚小怪的？這點事在以前很普通吧？」

優麻使壞般笑著，將手伸向運動服胸口的拉鍊。然後她緩緩拉下拉鍊，像是在等候古城的反應。

「妳說以前，那是小時候的事了吧？現在的妳——」

「現在的我，怎麼樣了嗎……？」

優麻小聲地噗嗤一笑，將運動服的上衣脫掉。古城慌慌張張地想別開目光，然而在那之前又發現她穿了別的衣服代替內衣。

「優麻……妳穿的那是……」

「嗯，魔女的角色扮演裝啊。我想嚇嚇你才預先穿在衣服裡面的。其實這要搭配褲襪一起穿就是了。」

優麻仰望內心仍在動搖的古城，貌似得意地揭開真相。

她穿的是用緞帶束起胸口，裙襬略短的黑色禮服。頭上要是再搭配一頂三角尖帽，穿上網襪，看來確實就像個魔女。

「會不會奇怪？我穿這種衣服果然不太——」

大概是古城沉默的反應讓人介意，優麻難得面露不安。

「呃，我覺得很合適就是了……」

古城目光游移閃爍。

短得徹底的裙子和大片裸露的肩頭，還有服貼明顯的身材曲線。要問合不合適，那與身材姣好的優麻自然十分合適，不過更要緊的是太暴露了。感覺並非孤男寡女在深夜裡該穿來見人的模樣。

「這樣喔。那太好了。」

優麻望著古城變得不安的德行，莫名開心地低語。

接著，她忽然將臉貼到古城面前。

「古城？」

「咦？」

「有血耶。你的臉頰在流血。」

優麻將手湊在自己臉上。古城受她牽引，也摸了摸自己的臉。

「唔喔，真的耶……大概是被長椅的碎片割到了。」

古城看了意外沾到血的指尖，滿臉愕然。也許是剛剛一興奮，使得和奧斯塔赫交手時造成的傷口裂開了。

「你等等，我有ＯＫ繃。」

優麻從脫下的運動服口袋裡，拿出隨身攜帶的急救包。

優麻招手叫喚古城，古城就地坐了下來。而優麻也蹲到他面前，兩人意外變成在極近距離下對望。

「像這樣，感覺會想起以前耶。」

古城為了紓減緊張而打趣地說。優麻帶著苦笑點點頭。

「你以前常受傷嘛。多虧如此，我才養成了帶急救包到處走的習慣。」

「還不都是被妳拖著胡鬧的關係。」

「是這樣嗎？」

優麻一邊裝蒜一邊將手伸向古城的臉頰。

不太妙啊——古城內心焦慮起來。那套衣服本來就比較暴露，優麻身子又往前傾，古城沒辦法不注意她的乳溝。彷彿看出古城內心的焦慮，優麻笑道：

「你的臉好紅喔，古城。」

「因為妳靠太近了啦。」

他沙啞地說完以後轉過頭，優麻溫柔地瞇起眼睛。

「幸好。」

「什麼幸好？」

「你的態度和以前簡直一模一樣，我還以為你不把我當女生。我下了不少工夫耶。」

優麻這段意想不到的表白讓古城感到意外。

「我是滿驚訝的啊。換成以前的妳，絕對不會穿這種衣服嘛。」

「唔～我不是指這部分耶。」

優麻看似遺憾地笑著垂下肩膀。古城不明白她為何沮喪。

「反正妳就是妳啊。」他只好直接表露心裡的想法。「再說，妳從以前就很可愛吧？」

一瞬間優麻說不出話，睜大了眼睛看著古城。

「你還是老樣子。」

她露出的是一副十分落寞的表情。

「不然比方說好了，假如我不再是人類，你也會這樣說嗎？」

「我都已經認識一大群不像人類的傢伙了，妳別擔心啦。事到如今，半大不小的狀況可嚇不了我。」

聽了優麻說笑般的假設，古城斷然回答。

特務機關的見習攻魔師、人工生命體及曾為天使的少女。光是在這棟公寓的隔壁房間就聚集了這樣的班底。況且最要緊的是，連古城自己都變成名為第四真祖的怪物了。他不認為優麻身上能出現更嚴重的變化。

「對喔……這裡是『魔族特區』嘛。」

優麻心滿意足般嘀咕以後，伸手摟住古城。

「我現在明白了。我果然只有你。」

「……優麻？」

臉頰上傳來柔軟觸感，讓古城噤語。優麻舔了他的傷口。她舔了人稱第四真祖的吸血鬼的血。

然後，她直接將自己的唇和古城的唇相疊。

「咦……！」

優麻背後的空間幽幽晃晃地如漣漪般產生蕩漾。在漣漪的另一端，有東西彷若從深邃湖底浮出，緩緩探出臉孔。

那是凶惡蒼藍的巨大形影——

「來吧，節慶要開始嘍，古城。」

優麻的聲音在古城耳邊溫柔響起。

彷彿受了這陣甜美嗓音引誘，古城的意識漸漸薄弱，沉入黑暗當中。

沉入極為深遠的黑暗底部。

第三章 化裝之日

Fancy Dress Parade

1

深邃森林中的小小城堡裡，曾有個少女獨自住在那裡。

那是一處完善的地方。具機能性的建築；乾淨的房間；數不清的上好衣服。她的身體狀況被管理得完美無缺，更被賦予了進修精密課程的義務。在那座城裡，感覺就連少女作的夢也會受到管理。

少女不認得父母的臉孔。她一生下來就被帶離母親身邊，在組織派遣的侍女們手下被扶養長大。她不曾為此感到落寞。對少女來說，母親就是那樣的存在。即使她聽說當自己長到十六歲就能見到遠在某地的母親，也沒有湧上任何情緒。

少女會在規定的時間起床，照規定的順序打理儀容，沿規定的路線到學校。她既沒有要好的朋友，也不認為那有必要。在她被灌輸的觀念中，學校是學習如何欺瞞別人的地方。即使如此，少女仍表現出完美演技。同學們都對她抱有好感，老師們也認為她是不需要操心的模範生。

然後少女也會在規定的時間回到森林中的城堡。一絲不苟而完善的每一天，全依計畫安

排的日子——

那項計畫出現些微破綻，是在夏天即將到來的某日午後。

有一對年幼的兄妹開始到少女住的森林裡玩耍。

他們與所謂的「完美」相距甚遠。

曬黑的肌膚、蓬亂的頭髮，膝蓋始終有擦傷的哥哥還缺了顆門牙。那對兄妹會因為小事而吵架、哭鬧，然後兩個人手牽著手笑得比誰都開心。

他們的笑容讓少女被管控得毫不脫序的心受到莫名強烈的動搖。

年幼的兄妹似乎在森林裡蓋了祕密基地。那是用廢棄紙箱及收集來的樹枝蓋出的破爛小屋。在組織管理的私有地上，本來並不該存在那樣的東西。不過，少女並沒有向擔任管理者的侍女們報告這件事，因為她想遠遠看著那對年幼的兄妹玩耍。

後來，少女將細心呵護的一頭長長秀髮斷然剪去。她發現自己是對年幼兄妹感到憧憬才有這樣的行為，則是過了很久以後的事。

剪掉頭髮後過了不久，少女和他們交談了。

恰好經過森林外頭的她，是被兄妹中的哥哥單方面叫住。

「抱歉，妳來一下！握著我的手。別放開喔！」

「咦……？」

少年擅自緊緊握住困惑的少女的手，然後直接跳下山崖。少女不明所以地拚命拉住他，因為要是不這麼做，連她自己也可能跟著摔落。山崖並不算高，但是有尖尖的樹枝突出，摔下去大概不會平安無事。

不久，少年就從崖邊爬上來了。他的手上抓著一頂原本被風吹跑的帽子。

「來，凪沙。」

少年拍掉帽子上的髒東西，把帽子牢牢戴在淚眼盈眶的妹妹頭上，妹妹露出滿臉笑容。這一幕讓少女深深體會到成就感。那是她頭一次抱有「情緒」——她違抗計畫而得到的唯一一項東西。

「謝啦，妳幫了大忙。妳意外有力氣耶。呃……」

少年露出缺了門牙的笑容，開朗地向她攀談。受到那張表情影響，少女嘴邊也無意識地露出笑意。

「——我叫優麻。仙都木優麻。」

「多指教啦，優麻。」

少女至今仍忘不了手牽手傳來的溫暖。

然而，那股溫暖現在卻背叛了少女，不斷苛責她的心。

完善的計畫仍被完善地執行，無關少女所願。

2

古城在床上醒來。自己眼熟而一如往常的房裡。

時間差不多剛過早上八點。有些睡過頭，醒來的感覺卻比平時要神清氣爽，或許是節日早上的亢奮感所致。

「天亮啦……？」

躺著的古城茫茫然嘟噥。

昨晚好像發生過許多事。捲入扭曲的空間；和洛坦陵奇亞的殲教師再會；被優麻撲倒——似乎有那麼一回事。

不過那段記憶卻格外模糊。魯道夫．奧斯塔赫消失得有如幻影，和古城對話時也顯得牛頭不對馬嘴。而且優麻的模樣也不太對勁，古城還看見她背後冒出詭異的幻影。感覺那些並不是發生在現實中的事，當成作夢的情節反而能讓人坦然接受。

「總覺得……作了個奇怪的夢。」

古城如此告訴自己，然後從床上起身。

會忽然感覺到異樣，大概是因為身體奇妙地輕盈。獲得吸血鬼的肉體以後，在早晨慢性染上的倦怠及疲勞感都不見了。

「凪沙……還在睡嗎？」

古城對一片安靜的屋裡感到奇怪，來到客廳，卻不見凪沙她們的身影。為保險起見，他敲了妹妹的房門，但沒有回應。浴室的燈也關著，餐桌上只準備了一人份的早餐。

「她們兩個自己跑出去了嗎……？」

古城嘀咕得並不焦急。畢竟她們說不定是去散步，也可能是到隔壁雪菜的房間玩。應該不必太擔心。

早餐是好不容易準備的，就先吃了再等她們回來吧——古城如此心想，打算坐到椅子上，這時才發現決定性的異狀。

古城苗條纖細的腿，是從短短的裙襬底下伸出來的。

「這……？」

自己為什麼會穿著女裝？古城大感動搖。以黑色為基調的綁帶洋裝，這應該是優麻昨晚穿的衣服才對。

可是，古城發覺替換的並不只服裝而已。

亮在眼前的雙手指頭細嫩得驚人；低頭會遮住視野的，是意外隆起的胸脯；裸露的小腿

肚像嬰兒肌膚般滑溜，礙眼的腿毛連個影子也沒有；身高好像也矮了十公分左右。

「這……」

古城衝到洗臉台，看了掛在前面的鏡子。

映在鏡子上的，是個睡覺時壓壞了短鮑伯頭髮型、五官端正的少女。

嚇得猛睜開的眼睛大而水靈；長長的睫毛；秀氣的鼻梁。還留著幼時神韻的老友面孔。

在鏡子裡的是仙都木優麻。

古城默默地反覆擺動作，確認這副身體會照著自己的意識行動。已經沒有懷疑的餘地。

古城的心靈跑進優麻的身體了。

古城和優麻互換了身體。

而古城自己的身體，不知和優麻的意識一同跑到了哪裡。

「這什麼情況啊啊啊啊啊！」

從尖叫的古城嘴裡冒出的是少女細尖的澄澈嗓音。

衝到公寓走廊上的古城直接往隔壁玄關跑。門牌上標的是七〇五號室，兩個月前雪菜剛搬進的房間。能夠商量這種異常狀況的對象，除她以外古城想不到別人。

「……昨天那件事，果然不是作夢嗎？」

古城按著玄關的門鈴，同時也將雙手粗魯地抵在牆上。

他想起優麻背後浮現的巨大身影。宛如騎士般配戴著甲冑，令人感到不祥的蒼藍身影。酷似骷髏的詭異頭盔下沒有臉孔，只有整片深不見底的漆黑空洞。難道優麻是靠著那道蒼藍身影的力量，和古城彼此調換了身體？

不過，為什麼優麻會擁有那種力量？古城並不明白。他也不知道為什麼她非得那麼做。

「……早安，優麻。是發生……什麼事了嗎？」

雪菜只將門打開一半，然後從縫隙間露臉。看優麻忽然一個人拜訪，她顯得有些訝異。

果然他現在的模樣在雪菜眼中看來也覺得是優麻。古城單純被暗示或催眠而造成錯覺的可能性就此消失了。這項事實讓古城再度動搖。

「姬柊，抱歉。是我。」

古城指著自己的臉。雪菜一臉覺得不可思議地眨眨眼睛。

「嗯，妳說什麼……？」

「那那那……那個……麻煩妳冷靜下來聽我說。」

「不好意思，優麻……可以先請妳進來裡面嗎？在這裡不太方便講話……」

雪菜悄悄從門縫伸手，將古城領到自己家中。古城沒想到她的態度會如此友善，意外之餘還是進了玄關——

「咦？」

雪菜身上穿的服裝讓他訝異得瞪大眼睛。

「對不起。我穿成這副模樣，所以不方便在外面講話。」

如此辯解的雪菜看似害羞，只穿著睡衣的上衣。

儘管衣服下襬勉強能遮住腰際，不過從大腿根部以下都完全裸露在外。稍微走動，內褲或其他部分就可能被看光。雪菜在這種狀況下會讓古城進門，大概是把他當女生而鬆懈下來的關係。

仔細一看，姬柊家的客廳裡還有夏音等人一樣正在換衣服。

「大家正在挑過節要用的扮裝服。凪沙她準備了很多種，可是每一套都很暴露……」

「這……這樣啊……」

看來凪沙不只準備了自己和優麻的份，連雪菜她們的衣服都有張羅。這份用心，大概是為了讓第一次參加波朧院節慶的朋友玩得盡興吧。很像對人體貼的凪沙會有的主意。

夏音選的是修女服。領口和袖口有白色荷葉邊點綴，是清純嬌憐的款式。但她的手似乎搆不到拉鍊，敞開的背後露出一整片白淨肌膚，這種落差十分露骨，煽情到神聖的境界。

古城拚命從夏音背後別開目光，然後才察覺房間裡有另一名少女。對方太有存在感，反而沒進入他的眼簾。

如果要形容，那輪廓就像特大號的晴天娃娃。

有個嬌小的少女全身穿緊身衣，戴著大得誇張的南瓜頭套，還外加橘色的斗篷外套。要說可愛是可愛，不過那屬於隨便靠近就會讓小孩嚇哭的那種可愛。

「妳是……亞絲塔露蒂？」

古城怯生生地問，結果南瓜怪用兩顆閃爍發光的眼睛代替點頭答覆。

「我表示肯定。這套服裝讓我感到中意。」

「是喔。哎，要說合適倒也合適……」

「優麻妳是扮魔女嗎？好可愛。」

夏音望著略顯退縮的古城，文靜地開口發問。

這句話讓古城想起自己現在的模樣。胸口有束帶的迷你裙洋裝——這是優麻昨晚穿到現在的魔女扮裝服。

「呃……不是這樣。我不知道該從什麼部分說明……但是優麻不見了。凪沙也是！」

「什麼？」

雪菜被古城揪住肩膀，因而目瞪口呆。即使聽優麻本人說她自己不見了，大概也無法理解是怎麼回事吧。古城很明白這種心情。

亞絲塔露蒂和夏音也一臉不解地望著優麻忽然冒出的奇怪舉動。

「總之我雖然是優麻，但內在並不是優麻啦！」

「……你該不會是……曉學長？」

大概是古城的態度和用詞帶來了某種靈感，狐疑的雪菜瞇著眼問他。不愧是巫女，直覺實在夠準確。

「姬柊！」

古城不禁感激得握住雪菜的手。無論變成什麼模樣都能認出自己的人，就是如此壓倒性地讓他感到可靠。

「咦？真的嗎？」

不過雪菜仍用一副半信半疑的表情問：

「妳可能無法相信，不過是真的啦。對了……！我的真實身分是第四真祖，妳則是獅子王機關派來監視我的劍巫，這些事我都知道喔。」

為了不讓夏音她們聽見，古城在雪菜的耳邊低聲細語。

「……這點事情，只要查過就會知道。而且妳也有可能是向學長問出來的。」

雪菜慎重地細語。她應該正在懷疑，古城和優麻是套好說詞來捉弄自己的。

「對了……你記得它的名字嗎？」

雪菜忽然指向自己的吉他盒。盒子握柄上綁著一個小小的玩偶。那是招財貓風格的幸運吊飾。

「記得那是叫……財財貓對不對？我在電玩中心抓給妳的嘛。」

古城自信十足地說道。知道這件事的人除了剛好在場的那月以外，只有雪菜和古城。這應該足以為古城證明他就是本人。

「是貓又又才對。」

結果雪菜氣呼呼地嘛嘴。看她壞了心情，古城大感心慌。這時候，夏音客氣地舉起手。

「請問，我和大哥初次見面的地方在哪裡呢？」

「是在國中部校舍的樓頂嘛。記得那時候是在商量要不要把流浪貓交給足球社的高清水飼養。」

覺得得救的古城答得意氣風發。當時那件事讓人印象深刻，所以他記得很清楚。這也屬於非當事人就答不出的問題。

接著處於南瓜怪狀態的亞絲塔露蒂也發問了。

「問題。要求答出教官喜歡的紅茶產地。」

「那月美眉的喜好喔……記得她是說錫蘭的康堤還是哪裡吧。她還用藥草添加了香氣之類的……」

關於班導師的刁鑽問題，古城也應答自如。紅茶難喝，那月的心情就會極端惡劣，因此對古城這種常跑學生指導室的慣犯來說，她的喜好攸關死活。

「叮咚。」

亞絲塔露蒂面無表情地宣布答對。可是你就不記得貓又又——雪菜鼓著臉頰，像是在鬧脾氣。

話雖如此，這一連串的問答似乎也讓雪菜等人認同古城所說的是事實了。

「難道你真的是正牌的學長？」

「我早就說了不是嗎？」

「這表示優麻的身體裡裝了學長的心靈……？那麼，學長的身體現在在哪裡？」

雪菜皺著眉頭問。古城有氣無力地搖頭。

「我不知道。照理來想，會是優麻在我的身體裡，可是我到處都找不到那傢伙。」

「所以……她應該是主動離開的吧。不過，她居然可以不被我的式神們察覺……」

雪菜的神色更加嚴肅了。看了她的表情，古城也察覺問題的嚴重性。曉古城的身體是第四真祖——換言之，就是號稱世界最強的吸血鬼肉體。而那被優麻奪去，目前下落不明。也許這和戰略武器遭搶奪是同等級的緊急事態。

「到底是怎麼變成這樣的？」

「我也不清楚。昨天晚上我碰見奧斯塔赫大叔，還以為自己會被殺，結果大叔卻不見了，回到屋裡又發現凪沙已經睡著，優麻則穿成這副模樣在等我……對了，被那傢伙吻過以後，我就失去意識了。」

「……你和優麻接吻了？」

白眼的雪菜對古城這段說明提出責問。

聽了她冷冷的聲音，古城無意識地後退。

「錯了錯了！該當成問題的不是這個吧！」

明明還有其他重要情報，為什麼雪菜率先對這一點產生反應？

「基本上現在優麻是用我的身體，假如身體是在那瞬間交換的，那就不算接吻……」

「對喔……現在優麻的身體裡裝的是學長……」

彷彿察覺到什麼重大環節的雪菜驚呼，並且掩住睡衣的上衣下襬。只見她的臉越來越紅。雪菜終於發現自己以為彼此都是女的，就大意地在古城面前露出衣服剛換到一半的模樣。其實在她房裡，還大剌剌擺著狀似剛脫下來的睡衣長褲，以及清洗中的內衣，但狀況實在不容古城提醒。

處於南瓜怪狀態的亞絲塔露蒂，默默幫夏音拉上了背後的拉鍊。

三個少女責備的視線同時落在古城身上。古城拚命搖頭抗辯：

「錯了錯了吧，帶我進房裡的姬柊自己也有問題……！再說妳們想嘛，現在大家都是女生，應該……沒什麼問題……」

「不用辯解。」

雪菜身上幽幽晃晃地瀰漫著燃燒般的鬥氣。

古城亂可愛的慘叫聲，再次響遍早晨的公寓——

3

那時候，煌坂紗矢華正茫然愣在豪華雙人床上。

停在窗邊的小型海鳥發出可愛啼聲，明亮的朝陽透過白色蕾絲窗簾照了進來。髮色偏淡的長長秀髮攤在床單上，紗矢華猛流冷汗。

「為什麼……會變成這樣……？」

紗矢華身上只穿著內衣，但倒沒什麼問題。為了不讓衣服變皺，是她自己在睡前脫掉的。因此她心慌的理由出在其他地方。

臥床的紗矢華旁邊，有另一個依偎在她身邊的女性正發出鼾聲。

銀髮光彩動人的少女，而且一絲不掛。

「嗯。」

大概是聽見紗矢華嘀咕，銀髮少女醒了。有著長長睫毛的眼瞼一睜，藍寶石般的眼睛映出了紗矢華。少女帶著使壞的味道嘻嘻微笑著說：

「早安，紗矢華。昨晚的妳非常迷人。」

「唔啊！」

撥開毯子的紗矢華猛然起身。她甩著一頭睡得亂蓬蓬的長髮，哀號般發出尖叫：

「妳在說什麼啊？拜託別講那種會造成誤解的話！」

銀髮少女——拉．芙莉亞毫不遮掩美麗的赤裸身軀，仰望紗矢華說：

「哎呀……侍女們曾經指點我，在日本和人同床共枕迎接早晨，就要這樣問候……難道錯了嗎？」

「錯！不對，以某種意義來說也不算錯……可是那並不是對碰巧睡在旁邊的人用的問候……哎唷，我受夠了！」

紗矢華捧著頭打滾。日文格外精通的這位公主，總讓人分不出是出於自然，或者刻意胡鬧，紗矢華實在是應付不了。反正她認為，阿爾迪基亞皇室的人替公主挑選侍女得更加小心才行。

「妳究竟在氣什麼呢？」

「請教一下，為什麼妳沒穿衣服？公主？」

「因為我沒有準備睡衣，這不是沒辦法的事嗎？」

拉．芙莉亞一臉覺得不可思議地偏著頭回答。她只用被單裹著身體的模樣，連身為同性的紗矢華也差點看得入迷。

「不管怎樣，能平安在床上醒來也很幸運。我倒已經做好一早醒來就發現自己睡在陌生地方的覺悟了。」

「……說得也是。隨機的空間移轉重複那麼多次，光能平安無事大概就算幸運了。」

對於公主意外正經的意見，紗矢華也一臉認真地點頭認同。

她們被捲入不明原因的空間扭曲現象。從機場被轉送到拆除中的增設人工島，是昨天早上發生的事。之後兩人徒步回到市區，招了計程車正打算要搭，卻再度被傳送到陌生土地。

和公主的護衛騎士團聯絡以後，雙方在途中曾經成功會合過幾次，可是又屢屢被新的空間移轉現象妨礙，結果這項嘗試以失敗告終。道路轉角、建築物入口、車站驗票口及交通工具的門——產生空間移轉的狀況完全出於隨機，紗矢華她們也無從研討對策。

在東跑西繞的過程中，她們和騎士團及特區警備隊也斷了聯繫。看來受到神祕的空間異常現象影響的並不只紗矢華她們，其他人馬也被捲入其中了。

不久太陽下山，手機電量也用盡，紗矢華她們在走投無路時被傳送到的地方，就是位於賓館的這個房間。在拉．芙莉亞的提議下，她們決定直接在這裡過夜。紗矢華對於怎麼看都像愛情賓館的內部裝潢並非不在意，但是公主似乎莫名中意這房間，紗矢華沒辦法拒絕。

「而且床鋪既寬敞又舒服呢。雖然房間燈光是粉紅色，浴室還設計成透明玻璃屋，讓我吃了一驚……這是不是日本特有的溫泉文化呢？」

「不，絕對不是這樣——」

紗矢華斷然否定公主的話，好替溫泉文化捍衛名譽。

「手機充電結束了嗎？」

「啊，是的。充電好了。」

被拉．芙莉亞這麼問道，紗矢華將原本在充電的手機拿到手裡。

這間客房備有手機充電器。這也是紗矢華無法拒絕和公主在這下塌的理由之一。

「有寄給公主的簡訊呢。現在也可以利用這支手機的定位資訊，向阿爾迪基亞的騎士團或特區警備隊求援就是了。」

「不，那恐怕會白費工夫。」

拉．芙莉亞淡然搖頭。

「縱使和他們會合，能平安脫離絃神島的機率也低得絕望，大概又只有我們會被轉送到

其他地方吧。特區警備隊應該也沒有為我們分派人員的餘裕。」

「對耶。確實沒錯。」

紗矢華也對公主的意見表示贊同。

這一點對普通市民並未公開，不過空間扭曲的現象，發生範圍幾乎遍及絃神島的全部區域。雖然沒有導致傷亡的事故，據說對市內交通仍造成莫大影響。

問題之所以沒浮上檯面，是靠著人工島管理公社居中操控資訊，還有來參加波朧院節慶的觀光客大量湧進，交通原本就一團亂的關係。

「況且這次的空間異常現象，似乎並不是直接針對我們而來。假如目的在於綁架我，早該有人發動襲擊才是。」

公主冷靜地分析。儘管平時不羈的言行容易造成誤解，但別看她這樣，一身的聰明才智可是驚為天人。

「話雖如此，這也太頻繁了。只有我們捲入空間移轉的次數特別突出。」

「正如妳所說，紗矢華。」

聽了紗矢華的反駁，拉．芙莉亞愉快地笑道：

「因此，可不可以這麼想呢——會不會是我們擁有的靈力及魔力引發了這樣的現象？」

「這表示空間是對強大的靈力產生反應，才會出現扭曲嗎？」

紗矢華正色沉思。

公主的假設給她天外飛來一筆的印象，但如果是這樣，確實可以說明為何只有紗矢華她們受到扭曲的影響特別多。

身為舞威媛的紗矢華具備傑出的巫女素質，然而身為阿爾迪基亞王族的拉．芙莉亞更是強大得超出好幾個層次的靈媒。基本上最初的異變發生時，紗矢華等人的身邊還有迪米特列．瓦特拉在。他是「戰王領域」的貴族，和第一真祖血脈相連的純正吸血鬼，魔力之強大毋庸置疑。

「這座絃神島是建造於流經海面的龍脈上的人工島，既然空間會對強大的魔力產生反應而扭曲，島嶼全體會受到相同影響也是合情合理。」

紗矢華聽著公主嘀咕，肩膀無意識地顫抖。她想起了某件討厭的事情。

「公主，恕我冒昧說一句……扭曲的影響會與靈力或魔力的強大程度成正比，假如這項假設屬實，就表示——」

「嗯。有位男士似乎會受到比我們更嚴重的影響喔。不對，那一位的存在倒也可能是構成這次異變的因素之一——」

拉．芙莉亞難得面帶憂鬱地說。在無數魔族群集的絃神島上，是誰擁有最強大的魔力？答案不言自明。

就是世界最強吸血鬼──「第四真祖」曉古城。

「那……那個男的……我一不注意就馬上出狀況……！」

紗矢華立刻從手機登錄的「最愛」中叫出要用的號碼然後撥號。幸好電話馬上接通了。

「喂，你聽得見嗎？曉古城？」

『煌坂嗎？妳們那邊沒事吧？』

「……咦？」

發聲孔傳來的女性嗓音讓紗矢華說不出話。對方的語氣故作熟稔，她卻沒聽過這嗓音。

「妳是誰？曉古城呢？」

『啊～～……呃，這個嘛……要說明的話會拖很久就是了……』

迴路另一頭冒出支支吾吾的反應。紗矢華發覺自己十分不開心。看來在她不知道的時候，那個男的又跟新的女性捲進麻煩中了。

『呃，是紗矢華嗎？』

隔了一會兒，手機傳來和剛才不同的少女嗓音。這次的通話對象紗矢華認識，不可能聽錯她的聲音。

「雪菜？」

『是的。對不起，學長由於諸多因素沒辦法接電話，才由我代接。』

「這……這樣喔？妳沒事吧？那個變態真祖有沒有對妳亂來？」

『什麼？』

聽見前室友讓人懷念的聲音，紗矢華興奮過度，脫口問起亂七八糟的問題。過渡溺愛雪菜的她總是會這樣失控。

拉．芙莉亞看不過去，手法熟練地從紗矢華手裡搶走手機。

「雪菜，你們那邊有沒有發生什麼奇怪的狀況？特別是古城身邊。」

『這……這個嘛，以學長身邊來講，我想是發生了相當不得了的異常事態。』

雪菜委婉轉達狀況。看來她那邊也很混亂。拉．芙莉亞認清這一點，兀自笑了出來。

「哎呀。」

『……為什麼妳的聲音聽起來那麼開心呢？』

「沒有，沒什麼事。古城會沒辦法接電話，那就是原因對不對？」

『是的。呃，狀況變得滿錯綜複雜。』

雪菜說著嘆了氣。由此可見，他們被捲進了某種異變，但並沒有迫在眉睫的危險——狀況大概就是如此。能確認這些就夠了。

『對了，妳們兩位目前在哪裡？』

雪菜擔心地詢問。拉．芙莉亞只淡淡地告訴她實情。

「我們在賓館。紗矢華也睡在我旁邊。」

啊啊啊——紗矢華如此痛聲疾呼。

「不是的，雪菜！我昨天晚上真的沒有和公主發生什麼事！」

『……什麼？』

「請不用掛心我們這邊。」

拉．芙莉亞一把推開想搶回手機的紗矢華，繼續說道：

「這次異變，似乎魔力越強就會受到越大的影響。我們會試著調查這種現象的起因，畢竟那樣子和妳以及古城會合的可能性也比較高。」

伶俐的劍巫似乎光聽這短短的說明，就明白拉．芙莉亞的想法了。她沒有多問，只是凜然回答：

『我明白了。請妳們多加小心。』

「嗯，你們也是。」

拉．芙莉亞微笑著切斷通話。紗矢華則哀怨低呼，恨恨地望著公主那張從容的臉龐。

「看來，這樣就替假設找到佐證了呢。」

拉．芙莉亞撥開沾在臉頰上的頭髮，起身將昨晚脫掉的內衣拿到手裡。她身段優雅地將這些衣物依序穿上。

「是啊。不過，即使說要調查這種現象的起因，又該怎麼做？」

一臉彷彿整理好心情的紗矢華問道。不愧是獅子王機關的舞威媛，儘管心情沮喪，好像仍確實理解了對話的內容。

「對於這種現象發生的時間點，妳怎麼看？紗矢華？」

「是指……波朧院節慶嗎？」

紗矢華說著望向窗外。絃神市的大型慶典，重頭戲今天才要開始。街上繽紛絢爛的氣息，即使待在建築物裡也能切身體會。

這場節慶的最大特點，就是從島外湧進的眾多觀光客。

儘管登陸絃神島要經過嚴格審查，特區警備隊也已經增派人員應對，但仍然無法保證能徹底防範有人違法登陸。

「難道說，引起這項異變的是來自外界的入侵者……？」

「這樣想應該不會錯。既然如此，代表這次異變是某人刻意做的。只要能釐清做出這種事會帶來什麼樣的利益就行了。」

面對公主的問題，紗矢華陷入沉思。

脫序的空間扭曲，以及受魔力強度影響的隨機空間移轉。她不認為施展這種荒唐的魔法能帶來什麼益處。即使要引發無差別恐怖事件，也還有更多像樣的方式才對。

不過，若是為了整人或嬉鬧而引發這樁異變，用上操控空間的魔法也太大費周章了。會使用高難度魔法的人，很難想像會毫無目的做出這種事。

不對──

就算扭曲空間這項行為本身並無意義，假如意義在於扭曲後所引發的「某種」結果呢？

「也許犯人的目的並不是要讓空間異常……」

紗矢華嘀咕。原本梳理著秀髮的公主彷彿恍然大悟，擱下梳子。

「原來如此。空間異常只是副產物，原本的目的在於其他方面嗎？想來十分有可能呢。若是這樣──」

公主的眼睛猙獰地發亮，並將手伸向擺在床邊的槍套。收在槍套裡的是單發式的黃金手槍。她裝入寶石製成的彈頭，確認狀況。

「紗矢華，聯絡人工島管理公社以及在機場待命的聖環騎士團。我要採取粗魯一點的手段。這項異變的禍根也許意想不到的深。」

「公……公主？妳究竟打算做什麼……？」

紗矢華將長髮綁成馬尾跟著起身。拉．芙莉亞活力充沛的模樣和平時大為不同，使她難掩不祥的預感。

而公主貌似愉悅地望著紗矢華，嫣然微笑說：

「看來今天會很忙。」

4

曉家的客廳仍和古城衝出家裡時一樣，悄然無聲。沒有優麻或凪沙回來的跡象，當然古城本身的肉體也沒有物歸原主。

「——真的都沒有人耶。」

雪菜望著房裡細語。

現在的她宛如童話主角，穿著水藍色的圍裙洋裝，頭上也戴著同樣顏色的大緞帶。那似乎是她參加波朧院節慶的扮裝。

只不過握在右手的，是造型會令人聯想到飛機的銀色長槍。獅子王機關的祕藏兵器「七式突擊降魔機槍」——將童話氣氛徹底破壞的全金屬製長槍。

「優麻的行李也消失了耶。」

古城確認過客房裡面，喪氣般嘆了氣。

優麻的旅行提包和更換衣物，還有昨天在島上觀光時買的土產一類都帶走得一乾二淨。

她留在這個房間裡的，只有角色扮演用的魔女迷你裙禮服，還有她自己的軀體。

即使如此，雪菜仍一語不發地站在現場，好似探查著優麻遺落的蛛絲馬跡。

不久，她像是得到了某種啟示而深深點頭。

「我了解大致情況了。學長在優麻背後看見的蒼藍身影，我應該也知道底細。」

「咦？」

雪菜充滿確信的語氣讓古城莫名感到不安。動物性的直覺告訴他，接下來的話不應該聽。要是聽了雪菜說的話，他對老友抱持的某種重要感情好像就會灰飛煙滅。

「拉．芙莉亞公主應該也和我想的一樣。我認為剛才的電話就是為了確認這一點。」

「……什麼意思？」

古城不禁反問。拉．芙莉亞不認識優麻，而且她應該也還不知道古城和優麻身體對調。照理說，公主只是在調查絃神島發生的空間異常及魔力間的關係——

「難道絃神島的空間會扭曲，也是優麻下的手？」

「關於這個，就某種意義來說，是的。不過那並不是她的真正目的。」

「……目的……嗎？」

古城望著自己的手掌陷入沉默。身體遭調換的異常狀況使他感到迷惑，腦袋並沒有運作得那麼靈光。

無論優麻的真面目是什麼，都不可能毫無意義地拿自己的身體和別人交換。她當然會有目的，而且是重大得不得不欺騙古城的理由。

「對了，學長……做這些菜的是凪沙嗎？」

雪菜突然換了話題。古城儘管疑惑，還是點點頭。

「嗯，大概沒錯。因為那是凪沙平時都會做的菜。」

餐桌上擺的是將柳葉魚、納豆、烤海苔、白米全部充作內餡的巨大蛋包飯。這是凪沙發明的菜色，在急得沒時間的日子用來當早餐。能做出這種獨創料理的人除了她以外，古城想不到別人。

為保險起見，古城試著吃了一部分的蛋包飯，果然是平時那種滋味。和外表相反，嚐起來意外像正常的日本早餐。

「她準備了早餐才出門，這就表示她並沒有被優麻強行帶走對不對？」

「妳說得沒錯……我也這麼覺得。」

稍稍紓緩緊張感的古城點了頭。

凪沙失蹤，對古城來說是和自己身體被奪走一樣嚴重的大問題。即使如此，他仍沒有陷入慌亂，有相當大的部分要歸功於這份早餐。他覺得凪沙是基於本身的意志出門，和優麻那件事無關。

而且，古城至今依然不覺得優麻會傷害凪沙。

「凪沙的手機呢？」

「打不通。我試過好幾次了。」

古城望著手機的撥號記錄嘆氣。

「總不會像煌坂她們那樣，因為空間的扭曲而被送去什麼地方了吧？」

「……不對，假如公主的假設正確，魔力越強的人越容易受影響，那麼凪沙被波及的可能性就很低。」

雪菜露出微笑，像是要為古城打氣。

「況且，優麻應該不會對凪沙動手。」

「……為什麼妳能這麼斷言？」

「因為凪沙和她的目的無關。」

雪菜答得毫不猶豫，讓古城略感吃驚地望著她。

「姬柊，妳已經知道了嗎？那傢伙的目的是什麼？」

「是學長的身體。」

「……目……目……目的在我的身體……唔……咦！」

古城別無用意地用雙臂抱住自己的胸口。儘管能感覺到意外豐滿的彈性，但在這種狀況下，他當然絲毫也不覺得高興。

難道優麻是為了做淫穢的行為，才搶走古城的身體？

或者她是想對女體化的古城做出猥褻的事？

「不……不對！你在想像什麼啊！」

雪菜察覺臉色發青的古城誤解了，連忙搖頭否定。學長真的好下流——面對雪菜彷彿如此責備的眼光，古城不由得火大。

「還不是妳自己說的！」

「我的意思並不是這樣，學長的身體指的就是第四真祖的肉體！」

……不會吧。古城如此心想，這次認真地倒抽一口氣。

古城和優麻最後一次見面是在四年前。那時，他還是和吸血鬼之力毫無瓜葛的普通小學生。古城獲得第四真祖的力量這件事，照理說她並不知道。

「為什麼她要那樣做……？」

「除了這個以外，不可能有其他目的。」

雪菜正色回答。

「我這麼說很沒禮貌，可是像優麻那麼可愛的人會特地和學長交換身體，還能想到其他的理由嗎？」

「……喂，妳真的很沒禮貌耶。」

古城感到頗洩氣，但他不得不承認雪菜的主張有正確性。

即使客觀來看，優麻的身體規格仍相當出色。容貌過人，運動神經又傑出，會受到男女老幼歡迎也能理解。另一方面，古城則沒有值得一提的特點。除了碰巧獲得吸血鬼的肉體以外，他只是個尋常無奇的高中男生。

就算優麻基於某種因素必須用到男性的軀體，也沒有理由特意選擇古城的身體。比起四年前離別的老友，應該還有更多好男人可以找。

「不過吸血鬼真祖的肉體是那麼容易就能搶走的嗎……？」

忽然發覺疑點的古城嘀咕。

不僅限於真祖，吸血鬼這支種族被譽為最強的魔族。儘管多有限制，他們姑且還算不老不死。假如能搶，想搶走那種力量的人應該絕不會少。可是古城並沒聽說過，有人類藉那種方式取得吸血鬼之力。

何止如此，據說連在吸血鬼同族間，要是有誰吞噬了比自己更高階的吸血鬼，反而會被對方占據自我。

「只是要侵占別人的肉體，以魔法而言並不是多難的事情。只要讓對方的意識沉睡，再用精神感應進行遙控就可以了。」

個性正經的雪菜還細心地為古城說明。照她的那套理論，古城也可以理解。從遠處操縱別人的肉體——那是被稱為「附身」的一種咒術。

「要交換靈魂，也就是製造出互相附身的狀況，以理論而言我想並非不可能。只不過，那有例外存在。」

「……例外？」

是的——雪菜點頭，然後道出令人意外的一番話：

「吸血鬼的肉體，其他人類是無法操控的。」

為什麼？古城感到疑問。為何只有吸血鬼會如此特別？

「因為創造出吸血鬼的，是眾神所下的詛咒。」

被人斷然說出無藥可救的事實，古城撇了嘴。所謂吸血鬼，是遭到眾神詛咒的種族。這話他從以前就耳聞過好幾次，但是聽雪菜當面講明，造成的打擊還是很大。

「沒有人能用魔法蓋過神所下的詛咒。畢竟魔法本身幾乎肯定會失效，就算成功，逆流的詛咒也會讓施術者本身被吸血鬼的『血』吞沒。說得簡單點，就是會被吞噬掉自我而變成廢人。」

「唔……！」

太過單純而冷酷的結論，讓古城打了冷顫。

「既然這樣，優麻是怎麼奪走我的身體？」

「她恐怕並沒有實際奪走學長的身體。」

雪菜的語氣多了一份緊繃。

「優麻只是將空間扭曲而已。她將空間連接起來，讓學長的五感和自己的五感互相交換，原本該傳達到學長肉體的神經脈衝，被她用自己的置換了。」

「……換句話說，我把優麻眼裡所見的東西誤認為自己看到的；我想動自己的手腳，卻會操縱到那傢伙的身體……妳是這個意思嗎？」

古城碰了自己的——也就是優麻的臉頰，並且發出低喃。

雪菜默默點頭。

「要是那樣，就不會直接牽涉到吸血鬼的肉體，所以也不會讓詛咒逆流。同時，又能在外表上得到和交換靈魂同樣的效果。」

雪菜的說明頗為費解，但只要能聽懂，原理本身再單純不過。

既然無法從魔法途徑占據吸血鬼的身體，那麼從物理途徑占據就行了——優麻那蠻幹的主意，透過扭曲空間這種強橫的形式實現了。

人類看不見自己的靈魂。自己體內是不是真的裝著那種玩意？就算敲開頭蓋骨，也沒有門道能實際確認。反過來說，即使體內沒裝著靈魂，也不會有自覺。古城的心靈並沒有跑進

優麻體內，現在也還位於自己原本的身體，只不過他無法知覺到這一點而已。

「就像把電器用品的配線換方式接嗎？不過，那樣她在占據我身體的期間，就得時時操控空間才行吧？這種事有可能辦到嗎？」

辦不到——搖頭的雪菜如此表示。

「操控空間屬於超高等魔法。光是固定一處的『門』就需要龐大魔力，以及高階魔法師舉行儀式。何況要用那種方式將無數的神經一條條互相連接，普通人不可能辦到。」

「總覺得……那不是挺矛盾的嗎？」

靠著操控空間來連接神經明明行不通，那優麻又是怎麼奪走古城的肉體？

「我說的是『普通人』辦不到。」

雪菜略有難色地告訴古城。那句話代表著什麼，身為「魔族特區」居民的古城在一瞬間就懂了。

「妳想說……優麻並不是普通人？」

「學長……提到操控空間的能手，你有想到哪個熟人嗎？」

雪菜的質問讓古城感到愕然。

在常夏島嶼不合時宜地穿著悶熱哥德禮服的嬌小女教師身影，浮現於腦海中。

能將常人理應無法運用的空間操控魔法使得如呼吸般隨意的人物。別人稱呼她應該都是用某個不祥的頭銜——「空隙魔女」。

「難道……她和那月……屬於同類？」

雪菜沉重地點頭。

「所謂魔女，是指和惡魔簽下契約而得到力量的女性。為了實現無法實現的願望，那些人用自己的靈魂做為代價——」

古城想起昨天浮現於優麻背後的「無臉藍騎士(Faceless Blue Knight)」的身影。那道詭異身影的真面目，不就是人們所稱的惡魔？

於是，雪菜說出那句決定性的話，同時緊握銀槍。

「仙都木優麻的真面目是魔女——和南宮老師同種類型的魔女。」

5

矢瀨基樹待在高中部樓頂，一手拿著甜甜圈將筆記型電腦攤開。從昨晚就絲毫沒睡的他，臉上難免帶著濃濃倦色。

大約從二十四小時前就間斷發生的空間扭曲現象，如今已涵蓋絃神島全區，在市內造成種種混亂。對症下藥的處理和各類掩飾工作；查明原因；針對「魔族特區」的潛藏危機擬出對策；再加上波朧院節慶召開，人工島管理公社內部簡直兵荒馬亂。

在這般狀況中，矢瀨身為密探，正為了揪出這次風波的幕後黑手而獨自行動。

『唷，事情似乎變得挺大條的嘛。』

矢瀨開來檢視網路流言的電腦畫面上，闖進了一個醜醜的手工布偶型3D建模。那是統管絃神島都市機能的超級電腦化身。

「是你啊，摩怪。淺蔥狀況怎樣？」

面對態度亂親暱的人工智慧，矢瀨皺著臉反問。他並不喜歡摩怪。這個狡猾的人工智慧性能太強，儘管屬於公有財產，除了淺蔥以外沒有人能駕馭，是個既麻煩又危險的玩意。

對於瞞著淺蔥投身諜報活動的矢瀨來說，感覺好比被客戶的部下握著自己的把柄，一起共事實在棘手。

也不知道摩怪對矢瀨的這種想法是否心裡有數，它挖苦般格格笑著說：

『她才剛睡。小姐再厲害，要在一夜間化腐朽為神奇，將人工島網路的後端系統整套重寫，似乎還是挺吃力。她那副讓人有機可乘的睡相很可愛喔。要不要看照片？』

「免了。你寄到古城的手機吧。」

『咯咯咯……那倒不錯。我順便幫他設成待機畫面好了。』

這傢伙搞不好真的會下手——咂嘴的矢瀨如此心想。明明是機器，這個人工智慧卻比人類更富人味。

「技術面的事我不太懂，反正人工島管理公社的系統穩定下來了吧？」

『起因於空間扭曲的故障姑且都排除了。電腦會以毫秒單位重新掃描地形，所以交通機關的混亂，影響都能減緩到燈號久得讓人不耐煩的程度。行人迷路的問題就沒得救啦，那部分只能加派人手到道路協助中心應付。』

這樣嗎——矢瀨說著發出嘆息。空間扭曲現象都是隨機發生，在這種亂七八糟的狀況下，淺蔥似乎在一夜之間就寫出了能正常運作的交通管制系統，真是神猛依舊。

「機場的功能也恢復了嗎？」

『恢復嘍。申請增援的國家攻魔官據說也到了。』

「那就有得靠啦……雖然我想這麼說，可是這次的對手太糟了。」

『ＬＣＯ第一隊，「哲學」的梅雅姊妹嗎？』

「嗯。」

矢瀨望著畫面上顯示的資料，自嘲般笑了。

ＬＣＯ是只由高階魔導師及魔女組成的巨大犯罪組織，人數達數千規模。他們擁有眾多強大的魔導書，據說「圖書館」的別號就是因此得名。梅雅姊妹在ＬＣＯ當中則是以屈指可數的好戰分子見稱。

矢瀨並不認為缺乏實戰經驗的本土攻魔師能敵得過那種對手。要是正面交戰，八成會造成莫大損害。靠人數對付強大的魔女是下下之策，只能派同等以上的魔女或魔導師硬碰硬。

『不過這可怪了。聽說扭曲空間這種大規模的招式，屬於第七隊「藝術」或第五隊「科學」會用的手法耶。』

散漫的摩怪指出疑點。矢瀨嘀咕著撂了一句：

「既然她們搞出這次風波目的在於『書記魔女』，八成也會組一兩個同盟啦。那個女人擁有的闇誓書就有那種價值。」

『管理公社的執行部也和淺蔥小姐持相同意見啊？這就表示，魔女姊妹到處引發空間扭曲的理由是——』

「嗯。她們在找那個。目前好像還束手無策就是了。」

毫無章法地擴散至全島的空間扭曲現象，反而明確地點出了魔女們的目的。

她們的目的並非扭曲空間。魔女姊妹企圖扭曲絃神島周圍的空間，藉此找出隱藏於其中的東西。空間若是照這種步調繼續扭曲，被她們找到應該只是時間問題。

『原來如此，無法派南宮那月出動，理由就在這裡啊？咯咯。』

摩怪用閒聊般的口氣說道。

「我也不想承認，不過戰力就是因為這樣而嚴重不足。要問到其他還有什麼棋子，能獨力擊敗『阿什當的魔女』，頂多只有吸血鬼貴族或者獅子王機關的劍巫……」

矢瀨一臉苦惱地搔頭。由姬柊雪菜出面，即使是對付魔女姊妹應該也不至於屈居下風。她的長槍能斬除萬般結界，令魔力失效，對魔女來說好比天敵。

可是將雪菜拖進來，也就等於會讓古城牽扯上事件。唯獨這一點非得避免。空間在這種狀況下本來就不安定，要是讓第四真祖的眷獸冒出來作亂，那就一發不可收拾了。

吸血鬼貴族更不用提。那個戰鬥狂要是察覺魔女們的真正目的，難保不會高興地幫忙那些人。那是矢瀨所能想像到的最糟局面。

『對了，聖環騎士團的近衛部隊好像在徵求登陸許可喔。』

摩怪朝矢瀨搭話，像是在嘲笑他心中的糾葛。

「阿爾迪基亞公主的護衛嗎？感覺比本土的攻魔官管用多了。」

真讓人羨慕——嘆氣的矢瀨如此心想。

阿爾迪基亞的部分國境和戰王領域鄰接，其麾下騎士對付魔族自然經驗豐富，而且他們還有擬造聖劍這張王牌。即使不到輕鬆取勝的地步，要對付魔女應該也十足算得上戰力。

『那位公主是說，她願意幫忙收拾這個局面喔。有附帶條件就是了。』

「條件？」

疑惑的矢瀨在電腦畫面上看到拉・芙莉亞公主傳過來的郵件。滿是表情符號的戲謔文體令人微微感到頭痛，但內容仍然讓矢瀨看得目瞪口呆。

「……那個女的是認真的嗎？」

『看來她比傳聞中還潑辣。咯咯，我倒不討厭那種作風。』

摩怪由衷開心地笑了。這個人工智慧是被設計用來解決半吊子的難題，也許就因為如此，它有種以看別人煩惱為樂的調調。

實際上，拉・芙莉亞提議的內容實在不可能被接受。處理得不好，難保不會變成日本和她的國家之間的外交問題。不過——撫弄下巴的矢瀨如此思索。

「拉・芙莉亞公主身邊有獅子王機關的舞威媛監督嘛。要是處理得好，這項異變也許會解決得意外輕鬆。答應下來也是一種做法。」

『咯咯……』

矢瀨聽著摩怪的笑聲拿出手機。

沒錯。要對付魔女，只能派出同等以上的魔女或魔導師硬碰硬。幸好這裡是「魔族特區」，想找一兩個這樣的能手，矢瀨也有門道——

6

有種書籍被稱為魔導書(Grimoire)。

那些書在以往是記載咒語、魔法儀式的手續，或者靈怪操控法的實用書籍。

然而在累積龐大知識的過程中，本身具備強烈蠱惑力的書籍也隨之誕生了。最後，它變得足以招來莫大禍害，還能賦予閱覽者超越人智的力量——

那就是魔導書。蘊含力量的書籍。

探求魔導之道者，無人不希望取得魔導書。

不過能實際把書讀通，並將累積的巨大魔力納入掌控的人僅在少數。

以往已有數不盡的研究者操控魔導書失敗，結果自取滅亡。釋出的災厄消滅了好幾座城市，更讓數萬人的靈魂受到汙染。許多魔導書就是在這種過程中佚失。

眾多魔導師及魔女們對此感到憂慮，因而創設了LCO——人稱「圖書館」的組織。

他們從世界各地蒐集魔導書，根據用途嚴格分類，並將其封印。

繼而更決定只將書借給被選中之人。不為發展魔導，也不為守護世界安寧，只求滿足自我好奇心及慾望——

「圖書館」正是一支恣意妄為、獨善其身的魔導研究者集團，從最初創立時就帶有犯罪組織的特性。

而ＬＣＯ旗下其中一冊魔導書《No.539》的解封之地，就是在「魔族特區」的中心地帶，基石之門大樓的樓頂。

倒金字塔型的巨大建築物樓頂，畫了巨大深紅的魔法陣。那是保護魔導書的結界。拿來畫魔法陣的材料，其實是特區警備隊隊員的血。守護基石之門的他們受到重創，更被榨出鮮血，好用於打造魔法儀式的舞台。負傷的警備隊員們痛苦呻吟著，宛如戳了孔的顏料鋁管遭人隨意棄置。

「妳不覺得漂亮嗎？奧可塔薇亞？我有預感，今天將有迷人的際遇。」

站在魔法陣中央的，是梅雅姊妹的長姊艾瑪——穿著漆黑服裝的魔女。

她注視的古老西洋書，吸了當祭品的警備隊員的生命力，正散發著強烈的魔力波動。為了將其充作魔導書的動力來源，這對姊妹並沒有殺害那些警備隊員。

「真不愧是姊姊。試圖從無意義的事物判讀命運——仿效的是古代命運論者呢。」

深紅魔女——奧可塔薇亞・梅雅則望著染血的魔法陣，臉上帶了某種鄙視的神色。她和姊姊不同，並沒有興致觀察將死之人取樂。

她喜歡更華麗地讓腦漿及內臟四溢的血腥殺戮。

「欸，姊姊。留在塔上的那些愚民不會礙眼嗎？」

可不可以讓我去殺他們——深紅魔女望著頭頂，話裡流露出如此央求姊姊的態度。

她望去的方向有座兼具電波塔功用的鐵塔，以及鑲滿玻璃的瞭望廳。由於姊妹倆占領了樓頂，觀光客被關在瞭望廳裡無法出來。他們只能從那化為牢籠的場所，茫然望著發生於眼底的慘劇。

「別管他們，奧可塔薇亞。」

漆黑魔女開口安撫妹妹。

「用他們的恐懼與絕望來點綴我們悲願成就的瞬間，也不失為一種樂趣。」

「……好棒的雅興呢，姊姊。無論面對何種祈禱，神都不會行使奇蹟介入——這是在驗證理神論嘍。」

深紅魔女不服氣似的嘆了氣如此說道。她們在這座大樓上頭盤踞已經接近半天了，難免會感到乏味。

「空間廝磨作響，聽來真悅耳。」

艾瑪細心翻閱魔導書如此嘀咕。

儘管普通人的眼睛無法看到，但是絃神島周圍的空間如今已冒出蜘蛛網般的無數裂痕。那些裂痕正緩緩成長，好似尋找著什麼的生物觸角。

裂痕也會對擁有強大魔力的人造成影響，不過那單純只是副作用。即使有人捲入扭曲的空間而飛走，或者從其他時間軸招來了什麼人，都是不值一顧的小事。和接下來即將湧入的巨大混沌相比，那不過是消遣用的餘興節目罷了。

「是啊，確實沒錯。話說回來，『蒼藍魔女』的力量還真驚人呢——」

無心間露出不甘的奧可塔薇亞低聲說道。

從ＬＣＯ借來的魔導書《No.539》——然而，實際上操控著那本書的並不是她們姊妹倆。梅雅姊妹隸屬的是第一隊「哲學」。那是操弄因果律和存在論的強大派別，不過另一方面，她們對操控空間一類的物理性魔法就顯得生疏。

《No.539》原本的閱覽者是ＬＣＯ派出的另一名魔女——將操控空間的魔法練得爐火純青，而獲得「蒼藍魔女」稱號的新人。

「當然了。畢竟她是專門為此設計出來的先天魔女。我們就盡量利用她吧，直到找出那個為止。」

艾瑪說著笑了，這番話聽來像是嘴硬。沒錯，那個丫頭是用過即丟的道具，充其量只算方便使喚的人偶。奧可塔薇亞也附和般露出笑容。然而——

下個瞬間，姊妹倆的笑容頓時僵住。她們察覺到直指自己而來的殺氣了。

「什麼人？」

「好不容易才有這種藝術般的美景，魯莽闖進來也太不知禮數了吧——！」

挑起柳眉的兩人回過頭。她們已不像先前那般從容。

用鮮血畫出魔法陣的她們，被入侵者光明正大地踏進結界。來者擁有異常驚人的魔力。

魔法陣湧上邪瘴之霧，從霧裡爬出了滑溜的半透明觸手。

前天，轉眼就讓特區警備隊整支部隊瓦解的阿什當的怪物——梅雅姊妹的「守護者」。它對闖入結界的異物產生反應，自動展開迎擊。無數觸手殺向入侵者，絞爛其肉體——

就在這麼想的下一瞬間，釋放出的驚人爆壓將擔任「守護者」的觸手震飛了。

「什麼！」

魔女姊妹訝異得表情扭曲。

化為零碎肉片的觸手從天撒落，在那之中，入侵者若無其事地繼續前進，同時也冷冷地睥睨著她們。

來者身穿純白的三件式西裝，是個金髮碧眼的俊美男子。從他自信微笑的嘴角露出了碩大獠牙。

「傷腦筋，還以為會多點樂子，我才任由妳們去的，結果居然窩在這種地方偷偷摸摸爭取時間。看來『阿什當的魔女』也只是徒具盛名吧？」

「你……你是……？」

「迪……迪米特列．瓦特拉……？」

魔女們聲音嘶啞地叫出男子的姓名。

歐洲「戰王領域」的貴族——「蛇夫」迪米特列．瓦特拉的威名，在LCO成員當中同樣廣為人知。

並不只因為他是「舊世代」的吸血鬼之一。喜好爭鬥，為了本身的快樂甚至不惜吞噬同族吸血鬼的稀世戰鬥狂。對於在歐洲活動的魔族及魔女，他就是恐怖的代名詞。

和「蛇夫」在這種位處邊境的「魔族特區」碰上——堪稱想像範圍內最嚴重的亂子。只要他一時興起，姊妹倆什麼時候被殺都不奇怪。

「絃神島周遭發生的空間異常，起因就是那玩意啊……」

瓦特拉對她們不屑一顧，目光瞥向運作中的《No.539》。但是，他對那流露出興趣只有短短的一瞬。

「挺可觀的魔力，但簡單來說就是預知水晶球的應用型態吧。可想而知，妳們是在尋找封印於『魔族特區』的貴重品之類。真遺憾……我的期望落空了。」

瓦特拉沮喪地嘀咕著，隨意聳了聳肩。

他的右臂併發出濃密的魔力波動，魔導書受其干涉而停止機能。

瓦特拉無意拯救紘神島，他只是想踩扁在腳邊飛舞的礙眼蒼蠅而已。不過，那代表梅雅姊妹的計畫會就此搞砸。面對那壓倒性的不公，原本恐懼得發抖的深紅魔女發出長嘯。

「快住手，奧可塔薇亞！」

艾瑪想阻止妹妹。然而深紅魔女在怒吼的同時，已經啟動了自己的魔導書。魔導書《No.193》——過去曾引起「阿什當慘劇」的不祥書籍。

「單子(Monad)無窗，僅具表象——！」

呼應奧可塔薇亞的誦唱，魔法陣湧出邪瘴之霧，霧氣又轉變成觸手的樣貌。只不過，觸手顏色和先前不同，漆黑及深紅的斑痕令人怵目驚心。

接收到魔導書供給的魔力，「守護者」觸手如今具備特殊屬性。《No.193》的能力是「先定和諧」，任何攻擊都無法傷害「守護者」，任何防禦也無法防範「守護者」的攻擊。哪怕是迪米特列．瓦特拉，也無法擊潰化為無敵的斑痕觸手。

「『德叉迦』！」

瓦特拉的冷淡嗓音貫入深紅魔女耳裡。

下個瞬間，吸血鬼貴族散發的驚人衝擊波令奧可塔薇亞為之戰慄。魔導書交織出的力量，和壓倒性的魔力洪流幾乎沒得比。

那道洪流不久便形成一條巨蛇——聽命於迪米特列．瓦特拉的九匹眷獸之一，力量據說可比擬天災的異界召喚獸。

全長達數十公尺的兇猛綠色大蛇從眼睛放出閃光，將斑痕觸手焚滅。

那是發生於剎那間的事。魔女姊妹的「守護者」灰飛煙滅，鮮血所畫的魔法陣也起火崩解。魔導書《No.193》的能力，被瓦特拉用龐大魔力強行突破了。

「什……」

艾瑪從背後扶著奧可塔薇亞，奧可塔薇亞虛弱地驚呼。那一幕有如惡夢。

在人類魔法師操縱的使役魔中，她的「守護者」仍屬不同層級。所謂「守護者」就是惡魔的化身，對付一般吸血鬼的眷獸，也能戰得旗鼓相當。若有魔導書做為後援，據說更能對抗「舊世代」的吸血鬼。那樣的「守護者」不堪一擊地遭粉碎，讓魔女姊妹徹底喪失戰意。

瓦特拉正是強悍至此的怪物。

「我倒希望妳們能多掙扎一會兒……也罷，掰掰。」

瓦特拉露出失望般的表情，然後命令自己的眷獸發動攻擊。

對於不老不死的吸血鬼貴族來說，相互廝殺是少數能實際體會到自己活著的娛樂。因此，瓦特拉喜歡強敵。對手不必擁有純粹強大的魔力，重要的是意志力。運用智慧、策略及所有手段和命運對抗的強韌意志，瓦特拉對此十分稱許。

特別是那個第四真祖，和他身邊的眾多少女實在很不錯。獅子王機關的巫女們還有阿爾迪基亞的公主——將來動真格和曉古城廝殺時，她們會用什麼手段相逼呢？瓦特拉光是想像就覺得痛快。

和她們相比，簡簡單單就喪失戰意的魔女姊妹感覺根本不值得留一條生路。正因如此，瓦特拉絲毫沒有手下留情。然而——

他的眷獸攻擊，卻在吞沒魔女姊妹前遭彈開。

「哦？」

瓦特拉揚起嘴角，貌似愉快地咕噥。

由虛空中現身袒護魔女姊妹的，是個穿黑色西裝的少年——帶著慵懶表情的高中生。

「古城……看來不對。你是什麼人？」

讓眷獸維持待命狀態的瓦特拉挑釁地問道。

穿黑西裝的少年和曉古城長著同樣的臉。流在身上的血，氣味也和古城相同。可是氣質卻明顯不一樣，簡直像遭人附身。

而且，他使用的招數是空間操控，和「空隙魔女」一樣的技倆。

穿黑西裝的少年當場屈膝，對瓦特拉行了一禮。

「容我稟告，奧爾迪亞魯公。我叫仙都木優麻，是『書記魔女』仙都木阿夜的女兒。」

「『書記魔女』……ＬＣＯ『總記（General）』的女兒嗎？」

哦——微笑的瓦特拉如此答腔。「書記魔女」是統掌犯罪組織ＬＣＯ的大司書，和僅僅身為第一隊成員的梅雅姊妹在層級上斷然不同。

不過，她在這座絃神島遭到逮捕，目前應該被收容在某處才對。

「書記魔女」是被收容在絃神島——「魔族特區」裡的監獄結界。

「會拜借尊駕同族——即第四真祖的肉體，是為查明隱藏於『魔族特區』的監獄結界下落，以解放我那封印在結界中的母親。希望您網開一面。」

「ＬＣＯ正為了解放監獄結界的囚犯而採取行動？」

聽了優麻這番話，瓦特拉收回眷獸。

他臉上露出喜悅的笑容。

監獄結界是用於囚禁普通拘留所無法收容的凶惡魔族或魔導罪犯的設施。ＬＣＯ表示她們的目的在於從中救出身為大司書的「書記魔女」。

不過，假如監獄結界被破除，裡頭的眾多傳說級罪犯八成也會一起放出來，魔族特區幾乎肯定會變成戰場。

這對於追求強敵的瓦特拉來說，自然是求之不得的狀況。所以請放過我們——這就是優麻向瓦特拉提出的交易。

而她那自傲的態度，同樣讓瓦特拉覺得不賴。

「只要有第四真祖的龐大魔力，以及我爐火純青的魔女技藝，要攻陷固若金湯的監獄結界應該大有可為。縱使未能如願，也絕對不會令閣下無聊。」

優麻微笑著抬起頭以後，就將落在腳邊的魔導書《No.539》拿到手裡。

物歸原主的魔導書，隨即被注入第四真祖的魔力而綻放光彩。

瓦特拉猙獰地露出獠牙，笑看著這一幕。

7

當時，古城等人是待在西區鬧街的咖啡廳。

時間剛過正午。清一色帶著節慶氣息的街道上，滿是五花八門的攤位及小販，道路則被化裝的觀光客擠得水洩不通。

節目舞台上，似乎正在舉行由扮成女生的男生角逐的Mr.美少女選秀，比賽情形同步轉播於大樓牆面的巨型液晶螢幕。自己現在參賽鐵定能輕取優勝吧——古城自虐地想著。

「這個南瓜布丁好好吃耶。」

「我剛才有吃過了。這邊的南瓜派也很不錯。」

坐在同桌的雪菜和夏音，正急忙分享用大盤子堆得如山高的甜點。四人所點的是限定九十分鐘的蛋糕自助吧吃到飽。穿角色扮裝服的兩人從來沒這麼狼吞虎嚥地狂吃點心，那模樣看了倒也頗具喜感。

「這是續杯的飲料，第四真祖。」

「啊……謝了。」

古城接下亞絲塔露蒂從飲料吧端來的紅茶，然後憂鬱地嘆氣。

「我提議，要不要同時多拿甜點？將這間店鋪平常的價格和蛋糕自助吧的費用比較後，要超過損益平衡點，必須再點三道點心。」

「這……這樣啊。要不然就來個戚風蛋糕和英式鬆餅……不對啦！」

忍不住敲桌的古城拉開嗓門。雪菜等人似乎受了驚嚇，都停下用餐的手並且抬頭。只有亞絲塔露蒂不改臉色，我行我素地喝著紅茶。

「我們為什麼會在這裡悠悠哉哉地挑戰蛋糕吃到飽？優麻將我的身體搶走的目的，到現在都還不明瞭吧！」

「對……對喔。不過，其他店家都客滿了……」

「補充。這間店的蛋糕自助吧，根據彩海學園校刊社的調查，在四十二名有效回答者當中，有三十七人表示滿意，評價甚高。」

「拜託，我又不是在抱怨蛋糕的味道……！」

依然困在優麻身體裡的古城抱頭嘀咕。而雪菜遞了新的蛋糕到他面前安撫他：

「總之請學長先吃這個，讓心情冷靜下來。」

「吼——！」

古城自暴自棄地接下蛋糕，一口氣塞進嘴巴。

當他們這樣瞎耗時，優麻仍利用古城的肉體一步步籌備陰謀。證據就在於絃神島周遭發生空間異常的頻率增加了，已經連普通市民之間都在流傳波朧院節慶受了詛咒的謠言。而且凪沙的行蹤依舊不明，那月也沒有捎來聯絡。狀況實在無法讓人冷靜。

可是——雪菜語氣冷靜地說：

「就算要找優麻的下落，我們又沒有任何線索。況且，空間的扭曲變得這麼嚴重，貿然移動也太危險了。」

聲音哽住的古城語塞了。雪菜糾正得再有理不過。

先不論屬於人工生命體的亞絲塔露蒂，身為劍巫的雪菜，還有具備阿爾迪基亞王室血統的夏音都擁有強大靈力。她們會誘發空間扭曲現象。如今絃神市變成迷宮，隨便走動確實很危險。

實際上，夏音就曾在姬柊家的浴室，一度將古城捲入空間扭曲現象當中。沒人能保證不會有第二次。當然，那也可能起因於古城本身的魔力就是了。

「再說……其實要破除優麻的魔法，我們現在立刻就有門路。」

「咦？」

雪菜突如其來的表白讓古城稍稍愣住了。既然有那麼方便的解決辦法，為什麼要瞞到現在？他先是困惑，然後才發現其中端倪。

雪菜的目光投注在豎於身旁的銀色長槍。

「用『雪霞狼』……！」

是的——微微點頭的雪菜如此回答。

她的長槍能令魔力失效，更可消滅萬般魔法術式。不管優麻的空間操控能力有多強大，只要那是靠魔法維持，八成一槍就能將其瓦解。這樣做的結果，將讓古城他們的意識各自回到本身肉體。雪菜似乎就是察覺到這點，才會悠哉地挑戰蛋糕自助吧。

「不過，要是強制讓如此精密的空間操控術式失效，施術者應該會受到相當大的反作用力，還可能對接通的神經造成無法痊癒的傷害。」

「啥？」

雪菜將恐怖的事情說得淡然，古城戰慄地回過頭。在這裡用「雪霞狼」刺向優麻的身體就能立刻阻止她。只不過，優麻全身上下的神經將會支離破碎——雪菜是這個意思？

就算優麻是個魔女，肉體也和普通人無異。她和古城這種具備再生能力的吸血鬼不同，如果受到這樣的傷害，她幾乎必死無疑。縱使能救回一條命，大概也不會再清醒過來。

「那……那當然不行！不可以那麼做！」

「是啊。可以的話我並不想用這種方法。」

雪菜望著激動的古城說道。

「如果無論如何都得動用『雪霞狼』，就只能針對學長被優麻占據的身體下手。換成是學長，死一下下依然會復活，對優麻這副肉體造成的反作用力應該也能收斂到最小。」

「呃，慢著。那樣子我在回到原本身體時，會痛得死去活來吧？還有，妳把讓我死當成前提嗎！」

托腮的古城用手肘撐在桌子上，嘴裡發著牢騷。全身的神經支離破碎會有多痛，他怕得想都不敢想，可是沒其他辦法的話也不得已。

必須等優麻利用古城的身體引發異變。

一察覺到異變，他們就要立刻趕往現場，然後由雪菜出槍刺穿古城的身體。

儘管這種走一步算一步的作戰實在不可靠，想不出其他對策倒也是事實。目前似乎只能一邊吃蛋糕一邊坐等時機。

「呃，雖然沒什麼理由，但我覺得優麻並不會胡亂對待學長的身體。我猜她也信賴學長，所以才會將自己的身體留下來。」

雪菜喃喃說著，像是在對垂頭喪氣的古城表示關心。

被她這樣笨拙地打氣，古城默默苦笑。

古城覺得她的直覺恐怕沒有錯。

「……也許是喔。」

古城不明白優麻為什麼要奪走他的身體。

即使如此，優麻應該沒有傷害他的意思。這是毫無根據的臆測，不過古城至今對優麻仍存有這種程度的信任。因為她是古城的朋友。

「我不太清楚整件事情，可是，我希望大哥能平安變回原本的大哥。」

一直默默聽他們討論的夏音，望著古城的臉開了口。貌似有些害羞的她垂下目光，又小聲補上一句：

「雖然優麻的模樣也很迷人，不過對我來說，大哥就是大哥。」

「叶瀨……」

溫暖的關懷在心頭陣陣擴散開來，讓古城差點忍不住泛淚。就算是好友的身體，被裝進用不慣的他人身軀，他還是會感到不安。然而，有人盼望著古城回到原本的身體。光是如此，他的心就得到了救贖。

「我表示同意。」

用南瓜怪頭套遮著臉的人工生命體少女說。

「亞絲塔露蒂……？」

「經過檢討比較，結果我判斷自己在主觀下希望第四真祖回歸原先的肉體。雖然就整體而言是不合理的選擇。」

「這……這樣喔。」

以規格而言，優麻的身體較傑出，亞絲塔露蒂本身卻希望古城恢復原樣——大概是這個意思吧。聽來不太像誇獎，但可以感覺到對亞絲塔露蒂而言，已經是全心表達出的好感了。

心情不由得變好的古城又看了旁邊的雪菜。她對那部分是怎麼想的？古城感到好奇。

「咦？怎……怎麼了嗎？」

雪菜察覺到古城充滿期待的視線，顯得有點慌張。

「我不過是個監視者……無論學長變成什麼模樣，我的本分只在於履行任務而已。」

「……也對啦。」

模範生般的回答一如雪菜本色，讓古城苦笑。哎，這時候古城大概要感謝，自己變了模樣也不會改換態度的她才對。

「大哥……暫且不提這些。」

夏音忽然用銳利的目光看向古城，表情難得嚴厲。

「用餐中不可以將手肘撐在桌上。」

「咦？是……是喔。」

夏音如此訓斥，懶散地托著腮的古城才打直背脊。

「坐著的時候也不可以將腿打開。」

「對……對喔。抱歉。」

古城對夏音意外嚴苛的指導感到困惑，還是照吩咐端正姿勢。夏音從小在修道院生活，也許那就是她管教嚴厲的原因。

以往古城都沒有留心觀察，但是這麼一提，他發現夏音和雪菜的姿勢都很秀氣。女生在外表有許多部分要費心，還真是辛苦——古城帶著事不關己的心態這麼想。

而他隨後就深刻體會到，自己想得實在太淺了。

「補充。我建議還要呵護頭髮及確認全身儀容。」

「唔？」

亞絲塔露蒂說著，像是變魔法似的從外套底下拿出了鏡子和髮梳。

同時雪菜也驚呼一聲，然後伸手摸向古城的臉龐。

「難道你出門沒有塗防曬乳？不可以喔，明明膚質這麼棒！」

「請用這個，大哥。這是化妝包。」

「咦？喂……妳們做什麼……！」

被雪菜和亞絲塔露蒂牢牢抓住雙臂的古城被帶走了。她們朝店裡的洗手間走去。注意到淡粉紅色的壁紙，古城驚慌地說：

「等一下！這是女生的洗手間吧？」

「也沒辦法啊。難道你想以優麻的模樣進男生洗手間？」

「呃，話是沒錯，咦咦……！」

女生洗手間裡擠滿了用餐後來補妝的女性顧客。漂亮大姊姊們勢如怒濤地重塗口紅及睫毛膏的模樣，坦白講並不是讓人很想看的光景。

當中似乎還有幾個人忙著舉行聯誼途中的作戰會議，正在交換對男方印象的相關情報。她們評析得太過冷血，連無關的古城聽了都感到難過，繼續留在現場似乎會一蹶不振。

「……對喔，我帶著這副身體，想上廁所時該怎麼辦？」

忽然想到的古城兀自嘀咕。這問題挺嚴重的不是嗎？要說當然也是當然，但古城對女生洗手間的規矩根本一無所知。於是，雪菜狠狠瞪了他說：

「你不能去。」

「就……就算叫我別去，畢竟內急是生理現象啊，光憑我的意志也無能為力——」

「絕對不能去。」

「咦咦……！」

聽了雪菜意外蠻橫的發言，古城微微感到絕望。意思是，他非得在這副身軀內急以前，回到原本的身體才行嘍？看來留給古城的時間並不多了。

也許這終究不是讓他們悠哉等優麻捅出摟子的時候。既然狀況橫豎都要來，對方能不能早點動手啊？古城如此心想。結果——

彷彿願望成真，受到隆隆低鳴聲衝擊，人工島的大地為之搖動。魔力波動的強烈程度，連目前跑進優麻身體的古城都能清楚感受到。

「這種感覺是怎麼回事？」

「在基石之門的方向！」

最先反應過來的是雪菜。她抽起銀槍往店外衝，古城連忙追在後頭。

路上的人們全都驚訝地睜大雙眼仰望上空。

位於絃神島中央的倒金字塔型建築物——島內最高的那棟大樓樓頂上有東西正在蠢動。那是全長達數十公尺，還長著斑痕的詭異觸手。

「姬柊！那個是——！」

「惡魔的眷屬！那是魔女的『守護者』！」

「類似使役魔的玩意嗎……！可是，那股魔力……！」

從基石之門感受到的壓迫感，並非散發自魔女的「守護者」。

那裡有某種存在，散發的魔力比巨大使役魔更為驚人。對古城來說，那股凶惡波動在某種意義上甚至令他懷念——

「對，那是來自學長——來自第四真祖的魔力波動。」

「是優麻嗎！」

古城篤定她人在那裡，準備拔腿衝去。

基石之門是「魔族特區」的中心點，而且也是優麻來到島上以後第一個拜訪的場所。她會選那裡當魔法儀式的舞台，反倒讓人覺得理所當然。可是——

「——！」

有幾名陌生人擋在前頭，彷彿意在攔阻古城的去路。

那些男子身披死神般的黑色長袍，估計少說也有十幾人。他們臉上並無敵意，手裡也沒帶著像武器的玩意，但是卻能明顯感受到他們打算阻止古城接近基石之門。

「學長，請你退開！」

持槍的雪菜站到前面。她大概認為既然現在街上滿是化裝的群眾，在人前使用「雪霞狼」也不會太醒目。

「搞什麼啊，這些傢伙……！」

「我並不清楚。不過，我想他們的目的應該是絆住我們。」

「和優麻同伙的嗎……原來她一直盯著我們。」

古城對自己的愚蠢咬牙切齒。冷靜想想，優麻會監視古城等人的行動是可以料想到的事。既然古城有意搶回自己的身體，為了避免計畫受到妨礙，她當然早就有所提防。

「亞絲塔露蒂，叶瀨麻煩妳了！」

「命令領受。」

古城對人工生命體少女做出指示，保護呆站著而毫無防備的夏音。亞絲塔露蒂點頭，隨後就召喚了自己的眷獸。從她背後冒出的翅膀，模樣頓時變成左右成雙的巨大臂膀。

不知道為什麼，周圍的人們看了這一幕卻大聲叫好。掌聲陸續湧現。

「完全被當成節慶的表演節目了啦！」

「沒……沒造成騷動是很好……不過人潮擠成這樣……！」

古城和雪菜一籌莫展地望著彼此。

不知不覺中，路上的觀光客已經騰出半徑十公尺左右的空間，將古城和黑衣人集團重重包圍。他們似乎被誤認為波朧院節慶中的街頭表演秀了。明顯像壞蛋的一群人是和光鮮亮麗的扮裝少女們就地開打，也難怪會產生誤解。

不過，古城等人因此失去退路。

若是一對一交手，雪菜八成不會有陷入苦鬥的時候，但眼前的敵人數量太多了。周圍人多成這樣，亞絲塔露蒂那強大過頭的眷獸也無法發揮原本的能力。要保護沒有戰鬥力的夏音跟現在的古城，還得和敵人纏鬥，對她們來說負擔太重了。而且，當古城等人在這裡被絆住時，優麻正準備完成魔法儀式。

走投無路的局面讓古城深深感到苦惱。說時遲那時快——

「咦……！」

嘩噠啊啊——伴隨著怪鳥啼鳴般的吆喝，打擊聲沉沉響起，一名黑衣男子被狠狠揍飛。

古城等人目瞪口呆地轉頭，看到的是個將紅髮梳成丸子頭外加麻花辮，而且身穿旗袍的年輕女性。她使出的中段踢又讓另一個黑衣人昏死過去。

「喔～～各位同學，總算見到你們了。有沒有人受傷啊？」

彩海學園國中部的體育老師，笹崎岬悠哉地問了一句。

雪菜沒想到班導師會闖進這場鬥毆，難掩困惑地說：

「笹崎老師！妳怎麼會……？」

「是那月學姊拜託我的。她要我在她人不見的時候，幫忙支援妳和曉凪沙的哥哥。事情是不是在我沒過問的這段期間變得很糟糕？」

「……是啊。非常糟。」

雪菜老實地點頭。看了她坦率的態度，岬一臉滿足地賊笑。

「了解啦。叶瀨她們交給我照料，你們先走吧。」

女教師說著擺出奇特的架勢。那是模仿了野獸動作，而被稱為象形拳的中國拳法。

她身為南宮那月的學妹，同樣也是具國家證照的攻魔官。傳聞曾經隻身擊潰流氓組織；空手就能劈開地面；從手中還可以發出氣功波，眾多都市傳說中都缺不了這位女拳法家。

「笹崎老師，這些敵人是屍體。應該有個操縱他們的死靈法師混在人群中——」

「沒問題！我全部打倒就行了！」

話剛撂下，岬就按照自己的宣言，將看到的黑衣人一個個揍飛。令人傻眼的蠻幹方式，可是卻很強。不時飛來的魔法攻擊，也被她用氣勢一震就抵消了。

趁黑衣人的包圍網瓦解，古城和雪菜從湊熱鬧的群眾當中衝出來。

「笹崎老師，那月美眉她……」

「平安沒事啦，目前還不要緊。」

面對古城最後的問題，岬拋了個媚眼回答。

古城對她深深鞠躬以後，這次頭也不回地拔腿趕路。

「掰嘍。也讓我說一句，學姊拜託你們了。」

目送學生們離去的岬，只在嘴裡小聲咕噥。

隨後，她用燃起鬥志的目光對著眾多黑衣人。

像是懾於這股鬥氣，理應不具意志的屍體兵退縮了。嘴邊顯露猙獰笑容的岬再次如怪鳥般發出長嘯，圍觀者的歡呼四處迴盪。

慶典才剛開始。

第四章 監獄結界

Hidden Prison

1

少女在古老城堡的地下室出生。

誦唱給她聽的魔法咒語被用來代替搖籃曲，守候其誕生的是眾多人工生命體侍女。注滿於玻璃培養槽的冰冷藥水，則被用來代替母親臂膀的暖意。

少女沒有六歲前的記憶。日常所需的最少知識及和惡魔的契約，就是她回憶的一切。

少女是以六歲的模樣出生。在城堡的地下室，獨自一人。

——媽媽在哪裡呢？

少女問人工生命體侍女。

「您母親在監獄結界。」

侍女們每次都如此回答。

——監獄結界？那是什麼？

「那就在東京都紘神市，是一座位於遠東『魔族特區』的監獄，和這個世界相異的封印空間，永劫的流刑地，沒有出口的時間迷宮。您母親遭到可恨的『空隙魔女』背叛，才會被囚禁於黑暗深淵。」

侍女們的語句宛如詛咒，灑落累積在剛出生的年幼少女心頭。

「阿夜大人生下您，是為了當成逃出那座牢獄的底牌。您是生來就和惡魔簽了契約的純血魔女，由藍騎士守護的『蒼藍魔女』。」

少女什麼也不懂。她只明白自己的母親被關在某個遙遠的地方，還有母親要逃脫那裡，就必須有她。

可是，少女感到疑問。

既然她是為了逃獄而被生下，那麼當目的達成時，她又會變成什麼樣呢？沒受到囚禁的母親還會需要她嗎——？

「您的身軀仍然年幼，要發揮萬全魔力應會需要長久的歲月成長。待您迎接十六歲生日，黑暗季節開始，在篝火的祭典之日，您將前往『魔族特區』並破除監獄結界的封印。」

侍女們不回答少女的疑問。她們只顧不停重複那些語句，在少女心靈刻入用來拯救母親的詳細手續。

那大概也是母親對她下的詛咒，一切都屬於浩大魔法的一環。在催生逃獄道具的精密程序中，那些都占了一部分。

「您不用操心。我等『圖書館』的成員，會成為協助支持您的手足，一切全奉您母親的

旨意——」

如侍女們所說，以少女長到十三歲的那天為界，城裡開始有大批魔導師造訪。他們將萬般知識教給少女。名為ＬＣＯ的組織之事；有關「魔族特區」的情報；魔導書的解讀手段；「守護者」的操控法，以及魔女力量的使用方式——

生來即為魔女的她素質出類拔萃，不久就得到了組織中的「司書」地位。可是沒有任何人肯回答少女的疑問。

——除了被賦予的使命以外，自己還有其他存在價值嗎？

少女對佇立於自己背後的「守護者」這麼問。

然而，無臉騎士沒有回答。沒有答案——

2

古城和雪菜離開因節慶而人擠人的大街，在狹窄巷道中奔走。

身穿圍裙洋裝，有如從故事書裡冒出來的雪菜當然不必說，只論外表，跑進優麻身體的古城現在也相當美麗。即使是在充滿化裝觀光客的市內，目不旁視地一起趕路的兩人仍然十分顯眼且受眾人注目。

然而，穿過巷道抵達廣場後，卻有一群更加異樣的人影。

持盾牌的警備隊員和裝甲車構成的灰色防阻牆。由特區警備隊設下的路障。

「啊啊，可惡……！這裡也被封鎖了嗎！」

仰望著眼前聳立的巨大建築，古城咬牙作響。占據在象徵絃神島的倒金字塔型大樓樓頂的，是整群令人聯想到大海怪的詭異觸手。雪菜稱那怪物為魔女的「守護者」。

正在和那些怪物交戰的，則是特區警備隊的機動部隊。四架攻擊直升機盤旋於上空，毫不留情地持續用機關炮和淨化火箭彈猛轟。

「連那種軍機都出動了……！」

古城茫然望著炸開的火焰驚呼。

受攻擊餘波震裂的建築物碎塊從上空如冰雹撒下。跳彈及流彈似乎也對周圍大樓造成相當嚴重的損害。為了不讓慘烈的戰鬥殃及市民，才會有這些交通管制和路障。可是——

「這樣子……我們沒辦法靠近耶。」

「畢竟那些人也是在執行任務，反倒該稱讚他們應對迅速就是了……」

雪菜和古城心急地說。特區警備隊的封鎖線實在嚴密，要突破他們接近基石之門，怎麼想都不可能。哪怕雪菜是具備攻魔師資格的劍巫，想來也不會被允許闖進有武裝直升機繞行的戰場。

而且連地上的機動部隊也開始對樓頂的怪物展開炮擊了。那是以迫擊炮同時發射抗魔榴彈的集中炮擊。具有高淨化能力的銀鉱合金碎片，隨著爆發轟向怪物身軀。然而，怪物的動作卻沒出現肉眼可見的變化。

「……毫髮無傷？」

「那個『守護者』……恐怕靠魔法強化過，也許它具備攻擊無效的屬性。」

雪菜冷靜地分析。

要以魔法強化那麼巨大的觸手，理應需要非比尋常的大量魔力。不過可以將那化為可能的，八成是受到惡魔庇護的魔女之力。

從容撐過炮火的怪物開始反擊。

如長鞭伸出的斑痕觸手抓住了一架武裝直升機，瞬間將機體折毀。

無法操控的直升機冒出火舌並墜向陸地，撞上地面後隨即噴出驚人的爆發煙塵。人工島的大地出現駭人震動，轟鳴聲穿過高樓大廈之間，宛如怪獸電影中的一幕。

「唔……」

焦臭的空氣飄來，令古城低呼。

攻擊直升機是無人機，但已經有人受爆炸牽連而負傷。戰鬥照這樣進行下去，災情累及民眾八成是時間的問題。

而且從大樓樓頂釋放出的魔力正變得越來越強猛。當古城他們在這裡袖手旁觀時，優麻的魔法儀式正逐漸接近完成。

雪菜無言地咬著唇。由她的槍上場，即使是透過魔法強化的「守護者」軀體也能輕易斬斷。就算明白這些，要對付距離幾百公尺，盤踞在大樓上的怪物仍莫可奈何。

「沒有密道可以走嗎——？」

古城拿出手機搜尋地圖。這種時候，就算走地下道或人工島的維修用通路也不要緊。只要能穿過特區警備隊的盤檢，然後找出接近基石之門的路線——

「這什麼玩意……！淺蔥嗎？」

可是看了待機畫面的照片，古城的緊張感頓時大減。

上面是女同學的純真睡臉。由於沒化妝，那張臉看來較為年幼，唇邊還留有口水的痕跡，不過倒挺可愛的，像是一隻幸福地做著日光浴的貓。

「學長，你是從哪裡拍到這種照片的……？」

傻愣愣看著待機畫面看得入迷的古城，被雪菜冷眼質疑。

「不……不對！我沒有拍！是誰趁我不注意時擅自把這……咦？奇怪？」

拚命搖頭的古城驀然發現，在待機畫面的邊邊新增了陌生的程式圖示。仿照基石之門設計的圖示底下，寫著「路線搜尋」字樣。

「姬柊，走這邊！」

「學……學長——？」

古城握住雪菜的手，開始往別的方向衝。失察的雪菜還在混亂當中，就被拖著和他一起跑。古城照手機顯示的導航畫面，衝進陌生大樓。

他並沒有完全信任那個擅自被安裝的詭異程式，可是也找不到能突破絕境的線索。這算死馬當活馬醫。

結果產生的現象出乎古城意料。伴隨目眩而來的飄浮感令人不快，外加輕微衝擊。等到視野的搖晃停歇，古城他們已待在一處陌生的商店街。

「空間移轉——？學長，這是怎麼辦到的？」

雪菜迅速理解狀況，並且愕然仰望古城。古城瞪著手機畫面搖頭回答：

「這個導航程式居然顯示了通往基石之門的路線。再重覆移轉幾次，我們應該就能進入基石之門了。」

「意思是可以利用空間的扭曲，逆向推算出路徑？究竟誰會這麼做……？」

「會是淺蔥的手筆嗎……？」

摸不著頭緒的情況下，古城決定這麼說服自己。

反過來利用瞬息萬變而顯得不安定的空間波盪，推敲出通往目的地的最短路線。若運用鋪設在絃神市內的網路，以技術來講應該並非不可能。

可是，要構築將其實現的系統，理當需要超凡的高等技術。能夠在一夜之間做出那種東西的程式設計師，就古城所知只有她而已。

話雖如此，淺蔥倒未必會將那種程式傳到古城的手機——還附上自己睡臉的照片。照理說，她應該不知道古城正要前往基石之門。八成另外有人暗中牽線吧。是人工島管理公社？獅子王機關？為了克服這種絕境，有人打算利用古城他們。

可是，現在沒空追究對方的身分。

「總之能用的東西就用吧。接下來要在兩百公尺前的交叉口右轉。」

「好的。」

雪菜坦然照著古城的指示趕路。一拐彎，又有飄浮感湧上。從昨天就讓古城等人大傷腦筋的空間扭曲現象，要是利用得當就能創造出一條密道，直通被封鎖的基石之門。

第四次移轉結束的瞬間，闖進他們眼簾的是一座眼熟的鋼鐵高塔。絃神島最高的地方。鋪滿玻璃的電波塔瞭望廳底部。換句話說，就是基石之門樓頂。

「等等，連這裡都被怪物占領啦？」

在樓頂著地的瞬間，古城察覺到四周圍繞的觸手，忍不住放聲大叫。

跟前所見的斑痕觸手，模樣比想像中更驚悚。裹著黏液的表皮詭異地分成好幾節，搏動起來讓人聯想到成群巨蛇。

數不清的觸手重重交繞，朝古城他們壓頂而來。

劃破那些的是一道凜冽的銀光。

「『雪霞狼』——！」

雪菜刺出的銀槍，將直徑達數十公分的觸手如紙片般劃破。

攻擊直升機的三十毫米炮彈，及滿載炸藥的抗魔榴彈都沒能傷及一分一毫的怪物，被柔弱少女手裡的長槍輕易斬除了。那就是獅子王機關祕藏兵器「七式突擊降魔機槍」的能力。

「——優麻！」

魔女們藉「守護者」搭起的屏障遭到破除，在當中進行的儀式因此見了光。

用鮮血畫出的魔法陣。立於左右的兩名魔女。

而在魔法陣中央站著一個穿黑禮服的少年。具吸血鬼風格的燕尾服，那是凪沙為古城準備的扮裝服。

「來得真快呢，古城。」

少年回頭喚了古城的名字。那是個長相平凡無奇、彷彿隨處可見的高中生。只有劉海的髮色淡得像被月光照耀般白透，勉強算是特徵——

站在那裡的，是曉古城的肉體。

「你從以前就是這樣。明明什麼都不懂，卻總會出現在真正重要的場合。」

「優麻……妳……」

古城望著自己的身體，露出苦惱的臉色。

優麻手裡握著一本魔導書。而且，她的指頭正流出龐大魔力，驅使那本魔導書引發空間的扭曲。那項事實令古城感到絕望。

直到像這樣親身面對面以前，古城心裡仍懷有冀望。他希望優麻只是普通的青梅竹馬，和這次事件毫無瓜葛；他希望優麻只是受波及的受害者。

可是，古城終於實際體會到了。她真的占據著自己的身體。

她就是這起事件的主謀。

「別擔心。這副身體我立刻會還你。所以，能不能稍微等等？我就快要找到了。」

宛如要安慰苦惱的古城，優麻溫柔地笑了。

「妳快要找到……什麼？」

「我的母親啊。從出生以後，我還一次都沒見過她就是了。」

「妳說……母親……？」

古城更加混亂了。

優麻小時候是和母親分開生活，這一點古城還隱約記得。

既然優麻是魔女，她母親同樣是魔女也沒什麼好奇怪。優麻的母親會在紘神島這塊「魔族特區」的可能性也很高。

到那為止古城還可以理解。可是，他能理解的僅限於此。

只是想和母親相見，應該沒理由引發如此軒然大波。

為了追問優麻，古城踏進魔法陣。像是要阻止他那麼做，有陣帶著笑意的嗓音忽然傳來。那是挖苦般的熟悉語氣。

「——到此為止，古城。能不能請你別再接近她？」

「唔！你怎麼會出現在這種地方……？」

古城在愕然間將目光轉往聲音傳來的方向。站在那裡的是金髮碧眼的貴族青年。他背靠著鐵塔地基，露出一副亂爽朗的笑臉。

「嗨，古城，一陣子不見，你的模樣變得還真可愛。」

瓦特拉舔舐玩味般的說話聲，讓古城打起哆嗦。

並非因為對方是「舊世代」的吸血鬼而讓古城心生畏懼。對古城來說，這個貴族青年在某種層面上，是比第一真祖「遺忘戰王」更危險的對手。畢竟面對男兒身的古城，他毫不顧忌地說過要奉上自己的愛，是個行事不分青紅皂白的人物。現在古城跑進優麻的身體裡，他究竟會用什麼眼光看待，光想像就覺得恐怖。

因此，古城連忙改變話題。

「難道這次的風波，你也軋了一腳？」

「不不不，我只是在等而已……我在等她們撬開監獄結界。」

「監獄結界……？」

瓦特拉口中冒出的意外字眼，讓古城傻眼地低呼。

監獄結界的傳言，古城也聽過。封印凶惡魔導罪犯的魔幻監獄，幽靈拘留所。那地方位在哪裡？是否真的存在？沒有人知道。

有說法認為，罪犯喪命後無法成佛的靈魂就是遊蕩在那裡。也有說法認為，那是沉於海底的邪神神殿的別名。算來是與絃神市相關的知名都市傳說之一。

「原來那玩意並不是單純的怪談……？」

「不。監獄結界是利用流經『魔族特區』的龍脈之力創造的人工異世界，其存在無法看見。就連創造那地方的理事會成員，也不知道它的精確位置。不過，它確實存在。就位於這座絃神市的某處。」

「這樣啊，讓空間扭曲成這樣……就是為了尋找監獄結界的所在地……」

為了找出藏在扭曲空間中的地方，優麻將絃神市全區的空間都扭曲了。好比用鉛筆塗黑便條紙，藉此讓留在紙面的筆跡浮現，她就是打算用這種方式探尋被封印的監獄結界。

「附帶一提，想解除監獄結界的封印，還需要優秀的空間操控術式，以及凌駕於龍脈之上的龐大魔力。」

古城聽完瓦特拉揭露謎底，又將目光轉回默默站著的優麻身上。

換成現在，古城覺得自己能明白她話裡的含意了。

優麻是擅於操控空間的魔女。然而，就算獲得惡魔庇護，她也沒有足以和龍脈抗衡的魔力。具備那種能耐的，只有被視同於天災的吸血鬼真祖——也就是古城而已。

透過異常形式取得第四真祖力量的古城，以吸血鬼來說並不完美。他幾乎沒有任何魔族的特殊能力，連棲息於體內的眷獸也只勉強馴服了三匹。可是，在古城體內確實具有滿滿的魔力。

那些魔力對古城來說是完全無法操控的長物，不過換成具備魔導知識的優麻，八成就能駕馭那股力量。因此，優麻需要古城的身體。

「是這麼……回事嗎？」

優麻表示她在找自己的母親，所以才打算解除監獄結界的封印。這是因為，她母親就在監獄結界之中。

被當成魔導罪犯而遭封印的母親所產下的純正魔女——這就是仙都木優麻的真面目。

可是，會逼女兒劫獄的母親，想來實在不像正常人。況且關在監獄結界的罪犯，恐怕不只優麻的母親而已。

「真讓人期待呢……凶惡得只能封進異世界迷宮的眾多魔導罪犯，要是同時被釋放到城裡會有什麼後果？哎，你們放心吧。逃獄的那些囚犯，我會負起責任再把他們逮回來。」

瓦特拉神采飛揚地咕噥後——

「你是白痴嗎——！聽過那些，還有誰會放心啊！」

古城青筋爆跳地大吼。瓦特拉會乖乖守候優麻那些人的行動，背後因素也都解明了。身為戰鬥狂的他，只為了滿足自己的戰鬥慾求，才會靜待那些魔導罪犯被人放出來。

說完想說的話，瓦特拉就幻化成一片金色的霧氣並消聲匿跡。身為完整吸血鬼的他和古城不同，要像這樣去任何地方八成都能隨心所欲。

然而，現在早就不是理會那個專找麻煩的男人的時候了。

為了解開監獄結界，優麻需要古城的身體。那麼古城只要將自己的身體取回，應該就能阻止她——

就在古城如此心想而瞪向優麻的下一刻。

「——學長！快退開！」

雪菜厲聲呼喚古城。回神抬頭的古城，視野頓時被巨大觸手占滿。為了封鎖他的行動，魔女們命令「守護者」捉住他。

「——唔！」

雪菜持槍掃向進逼的觸手。大量觸手卻沒有停下動作，替補的觸手陸續湧現，對古城他們施加壓力。

操縱觸手的是站在優麻左右的兩名魔女。和神色泰然的優麻成對比，她們的臉正因施暴的興奮和蹂躪的喜悅而扭曲。擊墜特區警備隊直升機，為市區帶來莫大損害的同樣是她們。

「漆黑及深紅的魔女姊妹……！難道她們是『阿什當慘劇』的元凶……！」

雪菜注意到兩人所用的術式，微微動了眉毛。

魔女姊妹看似滿足地尖聲嘲笑。

「原來如此……敢和我們的『守護者』作對，妳這小丫頭好像滿用功的嘛。」

「——可以想見她大概屬於巫女之流。要如何處置呢？姊姊？」

深紅魔女一邊撫弄拿在手上的魔導書一邊徵求姊姊的意見。漆黑魔女誇張地聳肩，做戲般回答：

「如果可以，我想將她的手腳扯斷，然後開腸破肚，拿來當儀式的祭品。不過『蒼藍魔女』的本體要是有個萬一可不行……在找到那東西之前，就慎重其事地款待她好了。」

「真可惜。明明是個弄死以後更入眼的標緻丫頭——」

魔導書綻放出凶惡光芒，「守護者」的攻勢變得更加劇烈。

「唔！」

「——姬柊！」

雪菜對抗不了大舉進逼的觸手而節節敗退。她的長槍雖然能令「守護者」身上的防禦結界失效，卻無法連怪物具現化以後的重量都擋下。靠著高超槍技，雪菜勉強能撐過觸手的攻擊，但她本身只是個嬌小的國中少女。化解觸手的攻擊再將其斬裂，每次出招都會累積疲勞，逐漸消耗她的體力。

而且，古城只能束手無策地看著。

要是能用第四真祖的眷獸，八成可以連根剷除這些觸手，但古城現在被切離原本的肉體，無法召喚出眷獸。

具備魔法知識的優麻，被切離肉體也還是可以使用魔法。

可是古城的能力只依附在碰巧獲得的吸血鬼體質。心靈和肉體被切割開來的他，是個毫無力量的普通人。

況且事實上，古城何止制止不了優麻，就連想近身都沒辦法。

特區警備隊的無人直升機全被擊毀了，來自陸地的炮擊也無法打穿「守護者」的防禦。

樓頂的出入口全被觸手占滿，連陸地的救兵都不能期待。

「可惡……！這種狀況……要怎麼辦才好……？」

古城軟弱地嘀咕並望向周遭，卻沒有任何東西能當作武器。別說助陣，他根本離不開雪菜的背後。要是輕舉妄動立刻就會被觸手捉住，這樣只是徒增雪菜的負擔罷了。對於自己的無力，古城只能感到絕望。

就像嘲弄人似的，在古城他們背後又冒出新觸手。那些觸手鑽破樓頂地板，繞到了雪菜的死角。雪菜再善戰也分不出餘裕迎擊。

無處可逃的古城呆站著緊咬嘴唇。

就在下一刻，殺到古城眼前的成群觸手被光之洪流迎頭焚滅。槍聲晚了一瞬才響起，洶湧襲來的爆壓將古城震得跌倒。

「什……！」

古城茫然抬頭，看見的是銀色長髮隨風飄逸、掌裡握著黃金手槍的異邦少女。隨後，又有另一名長髮高眺的少女揮著銀色長劍衝出來。

「──『煌華麟』！」

少女揮下的銀劍令無數觸手毫無招架之力被斬斷。那是獅子王機關的制壓兵器「六式重裝降魔弓」的第一項能力──擬似切斷空間的效果。

「拉・芙莉亞！」

「——紗矢華！」

援軍意外出現，古城和雪菜感受到的愕然多於喜悅。

基石之門周圍仍遭特區警備隊封鎖，通往樓頂的路也塞滿觸手。她們沒道理能趕來。

「妳們究竟是從哪裡冒出來的……！」

古城望著來得正是時候的紗矢華她們。彷彿就等他提問，甩著長馬尾的紗矢華回頭說：

「我來救你了，曉古城。話說你真讓人操心耶，沒有我跟著，你總是這樣冒冒失失地給雪菜添麻煩…………」

結果，等她發現起身的古城那模樣，就一臉困惑地頓住了。她應該沒想到在這種狀況下，待在雪菜身旁的並非古城，而是未曾謀面的少女。

「呃……妳是誰？」

古城望著心思混亂的紗矢華，無奈地搔了搔頭。這麼說來，紗矢華和拉・芙莉亞都還不知道古城跑進了優麻的身體裡。

「唔……現在這個人才是曉學長。發生許多狀況，讓他變成女生了。」

雪菜代替猶豫著不知如何答話的古城開口。她說明得非常簡略，但這也不是回答詳盡就會有幫助的事情。

拉・芙莉亞睜大眼睛，貌似驚訝地感嘆。

僵住的紗矢華簡直像失了魂，然後不知道為什麼，她用一副快要哭出來的表情大叫：

「什麼情況啊啊啊啊啊啊！」

巧的是，她的這句話和古城半天前尖叫的內容幾乎一樣。

3

絃神島西區——泰迪絲商場。矢瀨基樹握著手機，站在離基石之門大約兩公里遠的購物中心樓頂停車場。

他通話的對象並非人類，而是口氣怪有人味的合成語音。

『看來似乎順利把人送到啦。』

人工智慧那種明顯像在看樂子的口氣，讓矢瀨露出難看臉色。

「我走的這一步也是險著，不順利可就麻煩了。」

『咯咯……你找來了叶瀨賢生？這樣的幫手可真不妙。』

矢瀨對摩怪的話默默點頭，然後望向基石之門。

靠著空間移轉現身的紗矢華和拉．芙莉亞背後還站了一個陰沉男子，身穿類似僧袍的黑衣——叶瀨賢生，前阿爾迪基亞宮廷魔導技師。將紗矢華等人送到魔女姊妹身邊的就是他。

「操控空間的魔法並不是魔女的專利，只要是高階魔法師都能辦到移轉和物質傳送這點技倆。讓阿爾迪基亞的宮廷魔導技師來辦，應該算小兒科吧。」

矢瀨隨口說道。

籠罩紘神島的空間異常現象，起因在於基石之門進行的魔法儀式。既然如此，就要破壞那場儀式——如此對矢瀨提議的是拉．芙莉亞公主。

實行大規模魔法儀式之際，就該設下強力結界以防他人妨害，這是鐵則。

然而使用空間操控魔法的ＬＣＯ魔女們，並不能設下防範空間轉移的結界。針對這項弱點，就可以用空間移轉對儀式現場發動突襲。這正是拉．芙莉亞的盤算。

在實踐這項計策時，她提出的條件有二。

其一是保釋在先前的模造天使事件中遭逮捕而被羈押的叶瀨賢生。礙於本身的強大靈力，對於移動路徑被空間扭曲現象截斷的公主來說，要向基石之門發動突襲，需要能夠使用空間傳送術的強力魔法師。

而她開的另一項條件是要特區警備隊以求援的形式，讓阿爾迪基亞聖環騎士團參加市區的戰鬥。

這樣的條件以法律而言不可能被認同，但只要實現就能一口氣扭轉戰局。

而且這裡是「魔族特區」。對代價若有覺悟，或多或少的胡來也行得通。

「騎士團呢？」

『老早各就各位了，目前正在啟動精靈爐，離開始運作大概還有九十秒。』

「……是嗎？這樣我們這邊的手牌就到齊了。」

矢瀨看似心滿意足地嘀咕，表情卻不從容。

獅子王機關的劍巫和舞威媛，還有身為精靈使者的拉．芙莉亞公主本人也投入戰局了。這樣該能應付梅雅姊妹。

可是，真正具威脅性的並不是她們。問題在於第四真祖曉古城的肉體，至今仍被他人占有。搶走他身體的人物，正是在這次事件位居主謀的魔女。

『不過，沒想到第四真祖他老兄會變成女人，嚇了我一跳。』

像是要挖苦煩惱的矢瀨，摩怪愉快地笑著。

「淺蔥知道了八成會昏倒，說不定比知道古城是吸血鬼更受打擊。」

真是一群叫人操心的傢伙——嘆氣的矢瀨心想。為了這幾個笨拙的朋友，要早點讓古城回到原本的身體才好。

不過實際上，矢瀨同樣吃了一驚。

矢瀨身為曉古城「真正的監視者」，卻因為波朧院節慶的關係，他的「聲響結界(Soundscape)」目前無法發揮效用。外加ＬＣＯ的風波，讓他從昨天開始就忙壞了，因此很晚才發現發生在古城身上的異變。

假如能更早看穿古城那個來自本土的青梅竹馬真面目，應該會有更穩當的對策。可是，事到如今這些都只是馬後炮了。

「仙都木優麻啊。沒想到她會光明正大地亮出本名跑來。僅僅半年前偶然獲得第四真祖力量的曉古城，和ＬＣＯ大司書的女兒有交情……要說是巧合也太巧了。」

「書記魔女」仙都木阿夜。十年前被封印，在官方紀錄中遭到抹消的罪犯姓氏，紘神市的入境管理局也沒能檢查到。

而且優麻並沒有魔導犯罪者的案底。人工島管理公社自然不用說，連獅子王機關對她都沒有提防。利用這一點，優麻靠著正規手續來到紘神島，悠然地將儀式籌措完成。

不過，以犯罪者而言毫無名氣的優麻會在ＬＣＯ得到幹部地位，也是一件奇妙的事。優麻和古城認識以前的經歷不明，但是從他們認識以後一直到現在，她不曾惹出醒目的事件，也沒有成為犯罪者的動機。

是的，仙都木優麻一無所有。交付給她的，只有引發這次事件的能力。她的一切，全像是安排用來讓仙都木阿夜逃獄的措施。

「這事情讓我不太舒坦，但現在沒時間調查。那邊看來也撐到極限了。」

矢瀨說著望向絃神島的北端海面。

由於魔女們的魔法儀式，絃神島全區被如蜃景搖晃的空間扭曲現象籠罩。隔著這層蜃景，不時會看見若隱若現的某種虛像。

宛如陳舊筆跡浮現於用鉛筆塗黑的紙，潛藏在異次元的建築物正逐漸顯露輪廓。

『監獄結界嗎……這樣免不了要露餡吧。』

「……情非得已。得毀掉仙都木優麻的身體了。」

聽了摩怪的話，點頭的矢瀨為難地撂下一句咕噥。

曉古城和仙都木優麻的心靈看來確實相互交換了。不過，那僅止於表面。是優麻利用魔法製造出那樣的表象而已。

只要破壞優麻做為魔法根基的肉體，古城就會自動回到原本的身體。

這和雪菜原本想用「雪霞狼」做的事原理相同，但以手段而言顯得更毒辣。

相較於雪菜擔心破除魔法後會讓優麻的身體受到後遺症傷害，矢瀨是打算故意傷害優麻的身體，藉此破除魔法。

當然，那樣優麻肯定會死。可是為了保護監獄結界，沒有其他選擇了。

『用狙擊？』

「不。那一類的物理攻擊對那兩個姊妹布下的結界不管用。這時候該輪到我的重氣流軀上場了。」

矢瀨從口袋裡拿出小巧的藥劑膠囊。那種化學藥劑，能短時間增幅他身為過度適應能力者的能力。

梅雅姊妹用《先定和諧》魔法書布下的結界，幾乎能徹底隔絕除了空間操控系以外的魔法。不過，當然也會有例外。光、重力以及大氣——對於一開始就存在於自然界，不被施術者認定成威脅的東西，結界無法妨害其入侵。

話雖如此，要將狙擊雷射或毒氣注入其中大概行不通。那些對自然界而言，是不容於原本調和中的異物。可是，矢瀨的能力則不同。

矢瀨是過度適應能力者——不靠魔法的天生「超能力者」，他操縱的是氣流。操控原本就存在於結界的大氣並颳起狂風，將仙都木優麻推落地面。這就是矢瀨選擇的解決方案。

「抱歉，古城。要讓你吃些苦頭了——」

你也死得習慣了吧？兀自這麼嘀咕的矢瀨將膠囊塞進嘴裡。

失去朋友應該會比本身受罪讓古城更痛苦，但矢瀨刻意漠視他那種個性，將膠囊咬碎並發動能力——

『呃……時限到了。』

「什麼！」

在摩怪宣布的這個瞬間，基石之門釋放出一股超乎常軌的莫大魔力。

同時颳起的驚人狂風，讓矢瀨的能力失效了。

理應隔離於異世界的巨大建築物劃破世界的界線，硬是闖進正常空間。那就是這陣暴風的起因。

大事不妙了——矢瀨如此嘀咕。出現在絃神島北端洋上的是一座滿布岩塊的小島。聳立於島嶼頂端的，則是石砌的聖堂。

「監獄……結界……！」

矢瀨瞪著那座聖堂驚呼，流露出絕望的嗓音遭肆虐的狂風掩去。

4

「你……你真的是曉古城？這實在莫名其妙耶！」

直到監獄結界出現的前夕，煌坂紗矢華還是無法從震驚中恢復。古城變為女兒身，對她來說似乎就是這麼具衝擊性。紗矢華看雪菜滿臉遺憾地低著頭，自己的眼淚也快要盈眶。

之前好像也有類似的狀況耶——古城心想。紗矢華天生性情激烈，加上她平時在雪菜面

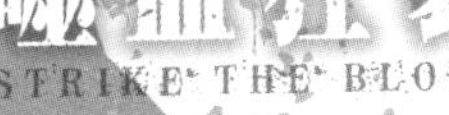

前都勉強裝成冷靜的學姊，或許就因如此，紗矢華反而一受動搖就會暴露自己意外脆弱的心靈層面。

隨後，她指著站在魔法陣中心的優麻問：

「那麼，在那邊的古城又是誰啊！」

「唔……該怎麼說明呢……」

「那是冒牌貨。」如此斷言的拉．芙莉亞，語氣莫名充滿自信。「真正的古城不可能會有那麼英挺的表情。」

「啊！」彷彿能理解的紗矢華也一臉認真地點頭附和。「這麼說來，對耶！」

「呃，那個身體基本上是我的本尊啦……」

妳驚訝個什麼勁啊？古城嘔氣般說了。公主則將古城現在的模樣從頭到腳仔細端詳一遍，接著眼光驀地停留在迷你裙的下襬。

「不過……真令人好生煩惱呢，紗矢華。」

「是啊。」紗矢華語氣凝重地點頭，然後才察覺自己失言，連忙搖頭否認：「咦！沒有，我並不那麼想！」

「這麼一來，我就無法和他生育子嗣了。」

「嗯？剛……剛才我好像不經意聽見了很不得了的話耶！」

「…………」

總之先別管這些傢伙了——如此下定決心的古城又重新面對優麻。

透過拉·芙莉亞和紗矢華的攻勢，魔女的「守護者」數量劇減。現在應該能接近優麻，並從她手裡搶走魔導書。

然而，優麻望著古城微笑，好似已看穿他的心思。

下個瞬間，她灌注的濃密魔力宛如熔岩，令魔導書燦爛發光。

驚人爆壓伴隨著撼動大氣的巨響直撲而來。

爆壓源自絃神島北端的洋上。那裡忽然浮現了未曾見過的島影。

那座小島地勢崎嶇，就像岩峰的一角。島嶼直徑不滿兩百公尺，高度卻有八十公尺左右，島塊泰半由人工建造的聖堂構成。

其面貌十分酷似名為「聖米歇爾山（Mont Saint-Michel）」的歐洲修道院。那座修道院到後來是被當成要塞運用，接著又變成收容眾多聖職者及政治犯的監獄，有這樣的一段歷史。

「原來如此……LCO的目的是解放監獄結界啊。」

背後傳來陰沉的說話聲，讓古城察覺到那名男子。

「叶瀨賢生……！」

聲音的主人是一身黑衣好似僧袍的中年男性。古城認得他。

儘管意外，卻不令人驚訝。叶瀨賢生身為前阿爾迪基亞的宮廷魔導技師，和拉．芙莉亞認識。公主會想到要利用他當成趕來基石之門的移動手段，倒不算多突兀的主意。

「那就是監獄結界……？」

對於古城的疑問，賢生點點頭。

「看來這裡和異空間的界線正在搖晃，雖然它目前似乎尚未徹底具現化——」

「所以封印還沒被打破？」

「對。要比喻的話，這狀況就像從水面望著沉於海底的遺跡。要將遺跡整塊從海底拖上來，必須耗費大得荒謬的勞力。」

聽了賢生的話，古城臉色發青。

瓦特拉也說過，要讓監獄結界具現化需要龐大魔力。

可是，優麻早已獲得那樣的力量，剩下的只要掌握監獄結界的所在地。一旦了解那沉伏在哪裡——

「唔……！」

「學長！」

古城突然感受到灼傷般的劇痛而低呼，看似受了驚嚇的雪菜回過頭。然而，優麻那雙由古城操控的白嫩雙手並未受傷。

受傷的是古城原本的肉體——也就是站在魔法陣中的少年。

「哎呀……看來到此為止了。」

魔導書在優麻手裡燃燒。將第四真祖的龐大魔力注入以後，終於超出了它能承載的極限，整本書立刻燒得不留原型化為灰燼。

「《No.539》……！」

飄渺悲戚地叫出聲音的，是漆黑及深紅魔女姊妹倆。

她們是為了保護魔導書而集結的犯罪組織成員。失去珍貴的魔導書，對魔女姊妹來說應該是難以承受的痛。

然而，優麻理應是相同組織的幹部，卻不屑一顧地將魔導書拋棄。

「這本魔導書已經沒用了。抱歉，我要動身嘍。」

優麻眼前的景色幽幽晃動。如漣漪擴散於水面般的空間扭曲，她開啟了空間移轉的門。

「請留步——『蒼藍魔女』。」

漆黑魔女連忙想叫住優麻，但優麻頭也不回地說：

「妳們留在這裡絆住那些人。」

她如此說完，就像被虛空吸入似的消失了。

「優麻……！」

古城仍無力地杵在原處，目光凝視著洋上的一點。

雖然沒辦法阻止優麻用空間移轉的方式離開，但古城明白她要去哪裡。為了徹底解除封印，優麻應該是前往監獄結界了。

「賢生，能追上她嗎？」

拉．芙莉亞詢問穿黑衣的魔導技師。

「很遺憾。」

賢生靜靜搖頭。有異於優麻那種能不經思考操縱空間的魔女，賢生他們所用的空間操控魔法在移轉前需要慎重計算座標。那似乎不能當成追蹤他人的便利手段。

「不過，要在監獄結界附近打開傳送口還是可行。」

「我明白了。就這麼辦。」

銀髮公主對古城等人露出嫣然微笑。

「古城，請你和雪菜先動身，我們會收拾那裡的魔女。」

「拉．芙莉亞，可是……」

在敵人面前留下她們先走，讓古城感到抗拒而裹足不前。但公主神色自若地搖頭說：

「對方是獲得第四真祖無窮魔力的魔女，我和紗矢華沒有法子對付她。要與她對抗，只有靠雪菜那把能讓魔力無效化的槍，還有古城——身為正宗第四真祖的你而已。」

「我明白了。謝謝妳幫忙。」

「——相當感謝妳，拉・芙莉亞。」

古城和雪菜如此道謝，然後看向賢生。

黑衣的魔導技師默默點頭，然後從手裡的一只小瓶灑了水。在他腳邊形成的水窪映出陌生地方的景象。看來那就是移轉的目的地。

仔細一看，水窪周圍用粉筆寫滿了密密麻麻的咒文。儘管他無法像優麻或那月那樣將空間操控自如，這仍是十分驚人的魔法。

「唔！」

彷彿下定了決心，古城咬著嘴唇跳進水面倒映的景色。雪菜也立刻追上。

被留下的賢生力竭般屈膝跪下。像空間移轉這樣的高階魔法，對於本領高強如他的魔法師，動用起來大概仍相當有負擔。不過，至少賢生盡完本身的職責了。剩下的只能交給古城他們。

「她說要收拾我們呢，姊姊。」

「真不愧是公主殿下，連幽默感都獨樹一格。」

留在樓頂的漆黑及深紅魔女姊妹都藐視拉・芙莉亞等人。目睹公主的咒式槍及紗矢華那柄劍的威力，她們仍有餘裕。

「居然專程留下來當我們的『祭品』，真是榮幸至極。」

「既然如此，就讓我等的『守護者』將枝節伸進妳身上所有高貴不凡的洞，先大卸八塊再與內臟攪拌，料理成精美的肉團吧！」

兩名魔女如此挑釁放話，還尖聲哄笑不停。

這些臭魔女——舉劍的紗矢華挑著眉毛怒罵。

由於她專司詛咒及暗殺，對待敵人自有其恪慎之處。對獅子王機關的舞威媛來說，敵人等同該當鎮撫的作亂神靈。

而對於有潔癖的紗矢華來說，魔女姊妹嘲弄公主的態度著實不能被容許。不過，彷彿為了制止情緒激動的紗矢華，公主悠然微笑著走向前。

「兩位大嬸，笑得太過火會讓皺紋變明顯喔，鬆弛的贅肉也有點藏不住呢。」

現場空氣軋然凍結。年輕美麗的公主隨口一句，讓兩名魔女的臉染上怒色。

可是拉．芙莉亞對氣得發抖的魔女們絲毫不以為然，又說了：

「都做賤自己和惡魔簽了契約，竟然還不能獲得青春永駐的肉體，是妳們資質太低或是無能過頭呢？勉強裝年輕可是很滑稽的——面對人生的前輩，真猶豫該不該這麼給予忠告呢。妳說對吧，紗矢華？」

「就……就是說啊。」

忽然被人點名，紗矢華面色緊繃。公主那張宛如女神般和藹的笑容莫名恐怖，紗矢華差點忍不住同情魔女姊妹。

面對在虛虛實實的宮廷陰謀鬥爭中鍛鍊出來的惡毒陰險公主，區區鄉下魔女實在不該妄自挑釁。

於是，魔女們知道口舌敵不過對方，便丟下自尊嘶聲痛罵：

「唔……咕……妳這臭丫頭────！」

「連……連我們費了多少苦心都不知道……哎，可憎乎！懊惱乎！」

「妳……妳們這麼生氣啊……？」

看見魔女姊妹的錯亂德行，紗矢華再次傻眼。拉．芙莉亞的話好像挖開了魔女們不可碰觸的傷口。

「要上嘍，紗矢華。」

公主握起黃金手槍，若無其事地喚了紗矢華。

「是……是喔……」

這樣簡直分不出誰才是魔女嘛──心裡如此嘀咕的紗矢華舉劍高揮。

5

仙都木優麻站在人工島末端生鏽的橋上。

那裡距離監獄結界約幾百公尺。聖堂所在的小型岩峰藉著簡易浮橋和絃神島相連，那是一條如蜃景般搖晃的不穩路徑。因為監獄結界仍未徹底具現化。

優麻朝聳立在海面的岩峰悄悄伸出右手。

隨後，她背後的空間一陣蕩漾，從中現出騎士的幻象。無臉藍騎士——優麻取名為「蒼(Le Bleu)」的惡魔眷屬。那是她的「守護者」。

監獄結界已在眼前。接下來就是借用第四真祖的龐大魔力，將它拖到這一側的世界就行了。然後只要打破最後的封印，她的任務便能完成。

不過，在優麻命令「守護者」這麼做以前，背後傳來了叫她的聲音。

「優麻！」

回頭看去，是她自己熟悉的身體站在那裡。換句話說，就是跑進優麻身體的曉古城。在他身邊，還站著一名手握銀槍的少女。

「你已經追上我啦？」

優麻坦然表示佩服。

現在的古城是個不具任何力量的普通人，他應該追不上跨越空間移動的優麻。至少憑他一己之力是不行的。

「你有一群好朋友呢，古城。」

「——別說得像是別人家的事。妳還不是其中一個。」

苦著臉的古城撇嘴回答。優麻貌似訝異地眨眨眼，回望他說：

「好高興喔。你還願意把我當朋友？」

「先講清楚，我對魔女早就看習慣了，這點事根本嚇不了我。反正從這傢伙來到島上以後，我盡交到一些稀奇古怪的新朋友。」

古城說著指向身旁的雪菜。

手持銀槍的少女瞪大眼睛，彷彿充滿不平之鳴地盯著古城。要是被世界最強的吸血鬼形容成「稀奇古怪」，會有怨言也是難免。可是，她不打算特意反駁那些話。

「為什麼妳要幫忙劫獄？」

古城正色質問優麻。優麻的回答很簡潔。

「我就是為此被製造出來的啊。」

「……製造？」

「我的母親是仙都木阿夜——犯罪組織ＬＣＯ的領導者。她在絃神島遭到逮捕，從十年前就收容在監獄結界。她準備用來逃獄的道具就是我。」

優麻指著自己那副被古城操控的身體，自嘲般笑了。

「我是被加速成長的試管嬰兒。距離現在十年前，我以六歲的模樣出生了。古城，那是和你認識前不久的事喔。我會成為魔女、打破絃神島的監獄結界，都是我母親一開始就設計好的。」

「難道妳會和我認識，也是妳媽媽設計好的？」

古城厲色反問。優麻則毫不猶豫地搖頭。

「不對喔，古城。只有那個是我自己選擇的。我說過吧？我只有你而已。除了和你相遇這一點，我沒有任何屬於自己的東西。」

「哪有這種事……！」

優麻伸手制止想反駁的古城，背對他說：

「知道你獲得第四真祖的力量後，ＬＣＯ將計畫稍微做了變更。為了打破監獄結界的封印，他們原本預定要將絃神島的十萬多名居民當成祭品。不過多虧有你，沒那種必要了……謝謝你，古城。」

「『雪霞狼』——！」

在優麻說完以前，雪菜已挾著長槍的鋒芒衝來。

不負劍巫之名的驚人速度。然而優麻先一步扭曲空間，移動到十幾公尺遠的地方。雪菜的槍失去目標，劃空而過。

浮現於優麻背後的無臉藍騎士抬起雙手，甲冑吱嘎作響。

「守護者」從雙手縫隙中催鼓黃金光芒，轟鳴聲和眩目雷光齊放。

古城和雪菜面色凝重。他們應該都察覺那道光的底細了。

具實體的巨大魔力聚合物，身上環繞著閃電的黃金獅子——

「獅子之黃金……！」

「第四真祖的眷獸？怎麼會……！」

「我並沒有搶走眷獸的支配權。我扭曲了時空，召喚出古城過去發動的眷獸部分力量。只有短短一瞬，就為這種時候——」

優麻駕馭不了魔力的餘波而倍感痛苦之餘笑了。

她只有占據古城的身體，即使能動用肉體本身的魔力，也無法喚出第四真祖的眷獸。因為吸血鬼的眷獸來自異界，是擁有獨立意志的召喚獸。優麻沒有支配權，使喚不了它們。

不過將第四真祖的無窮魔力搭配優麻具備的魔女之力，就能操弄這種特異的魔法。靠著古城肉體中的記憶，優麻將他過去動用眷獸的瞬間和目前的時空連接——

結果催鼓出來的，就是從空間裂縫湧瀉的破壞性熱流。

縱有優麻的魔法及「守護者」的庇護，那術式也只能維持不到數百分之一秒的剎那。

湧瀉的眷獸力量將優麻的術式摧毀，讓空間失去連接。逆流的魔力燒灼著優麻的神經，破壞力的反作用撲向「守護者」。

待雷光消滅，那裡只剩雙膝跪地蜷縮的優麻，以及藍騎士受創的身影。生鏽的鎧甲碎裂，還罩上一層青白色火花。

「不愧是第四真祖的眷獸……連我的『蒼』也駕馭不了這股力量嗎……可是，看來這犧牲有價值。」

古城和雪菜呆站著，聽優麻虛弱地咕噥。

監獄結界在他們眼前燃起火頭。

原本該像蜃景般不穩定的島徹底現形，並且起火燃燒，眼看就要崩塌瓦解。和島塊相連的浮橋也化為實體，遭水沫沖刷。

監獄結界的封印被解放，就此回歸普通空間。

將封印打破的是第四真祖眷獸的攻擊。它用壓倒一切術式的強橫破壞力，硬是將覆蓋島嶼的結界摧毀。這般蠻幹行徑稱不上魔法。

「監獄結界……化為實體了嗎……？」

古城仰望崩塌的聖堂驚呼。眷獸雷擊的餘響消失同時，空間的搖盪也徹底消滅了，留下的只有現實景象。

出現在那裡的，毋庸置疑是絃神島的一部分。仿造古老岩峰打造而成的人工島。

「可是……這看起來……」

從遭到破壞的外牆縫隙能窺見聖堂內部。

那是一塊空洞。聖堂內部完全中空，裡頭只有整片空蕩的空間。是的，只有空隙——

「意思是就算喪失結界，監獄也沒有被解放嗎……不過，妳果然在那裡。」

優麻走向聖堂，藍騎士受創的碎片從她身上掉落。

她那彷彿從一開始就知道聖堂內部模樣的說詞，讓古城等人感到困惑。

不敢輕忽的雪菜仍持槍待發，望著優麻無防備的背影。

現在的優麻體力已經不足以使用大規模魔法。即使如此，雪菜似乎猶豫該不該攻擊她。

結果優麻停下來了。古城和雪菜察覺到她視線前方的東西，都倒抽一口氣。

「怎麼可能……為什麼妳會在這種地方……」

擺在那裡的是把椅子。

在聖堂中空的大廳裡擺著一把椅子。鋪著天鵝絨的豪華扶手椅，有個女性坐在上面，沉

睡般閉著眼。

美麗年幼，面容宛若人偶的魔女。

「很榮幸與妳見面，監獄結界的鑰匙——『空隙魔女』。」

優麻朝持續沉睡的南宮那月恭敬地行了一禮。

古城等人仍發不出聲音，只能傻眼地望著這一幕。

6

「哎唷！這些傢伙很煩耶——！」

紗矢華的怒罵聲響遍基石之門樓頂。

占滿她視野的是大群詭異蠕動的觸手。

紗矢華的劍能輕易斬裂受強力魔法保護的觸手。可是，數量太多了。它們從魔法陣無窮無盡地湧出，紗矢華等人遭到阻擾，無法靠近身為召喚者的魔女姊妹。

「的確，這樣會沒完沒了呢。」

拉．芙莉亞也難得露出不悅的神情。

被觸手的防禦魔法影響，她的咒式槍並未發揮原本威力。換作平常，那把超乎常規的槍一擊就能轟穿戰車、劃出好幾公尺深的坑洞。

但現在它只能用於迎擊撲來的觸手。或許公主也因此累積了不少憤懣。

「她們提過……『守護者』的枝節。」

拉．芙莉亞像是忽然記起什麼般嘀咕。

那是梅雅姊妹無心間說的一句話。她們將自己的「守護者」稱為枝節。不稱作觸手，而是枝節——

「那並非軟體動物，而是植物嗎……？」

呵呵——公主看似心喜地笑了。

「原來如此。在梅雅姊妹引發的事件中，曾有讓巨大森林在一夜之間消滅的變故呢。」

「妳是指『阿什當慘劇』？」

紗矢華想起那樁事件的名字。

離現在超過十年以前，梅雅姊妹在歐洲西北部，北海帝國的都市阿什當近郊，曾舉行神祕的魔法儀式。當時發生的異常現象，導致都市周圍約三百公頃的森林消失殆盡。荒廢的阿什當市區沒過多久就被放棄了。那是讓梅雅姊妹這對魔導罪犯馳名世界的一樁事件。

不過關於那起事件，目前仍留著兩個疑點。

漆黑和深紅魔女姊妹，在阿什當近郊舉行了何種魔法儀式？

還有，消失的森林到了哪裡？

「難道說……這些『守護者』的真面目就是……」

「嗯。考慮到這是失落的整片樹林化為惡魔眷屬後的模樣，其壓倒性的數量就能得到理解。再怎麼將它們斬除，大概都沒用。」

拉．芙莉亞回望目瞪口呆的紗矢華，縮了縮肩膀。

「……也對。」

紗矢華點頭認同，然後將舉起的劍身放下。她領會到繼續攻擊也沒用。

望著紗矢華等人那副模樣，魔女姊妹面露喜色。

「哎呀呀，小丫頭們似乎吱吱喳喳在說著什麼呢，姊姊。」

「嗯，真的耶。該不會是在商量要如何求饒？」

根本白費心力——兩名魔女說著笑得刺耳。

銀髮公主同情地望著志驕意滿的她們，搖搖頭說：

「不，我正要表示，妳們的這項把戲比想像中無聊。」

「就是啊。一明白屬性，對策要多少都有。」

紗矢華也沉穩地認同，表情像是看著手法被揭穿的乏味魔術。

好不容易出口挑釁卻被輕鬆應付掉，八成重重傷到了自尊。魔女姊妹咆哮大怒。反映出她們的憤怒，「守護者」的攻勢更顯猛烈。

拉・芙莉亞仍笑得優雅嬌豔，並舉著黃金手槍走向前。

「拜託妳了，紗矢華。就緒以前，由我來擔任前衛。」

「好的。」

後退的紗矢華依然將劍身朝下。攻擊改由公主負責，崗位正好因而交替。

公主無畏地盯著進逼的觸手，反握手槍。她那把以黃金點綴的槍已裝上銀色刺刀。舉起槍的拉・芙莉亞有如手握短劍，口裡則吟詠禱告詩：

「──眾神的女兒宿於我身。盾之破壞者，冰雹與風暴。死亡的推手終要帶來勝利！」

詭異觸手殺向公主的纖纖玉體，悽愴景象令人聯想到飢腸轆轆的成群大蛇。篤信自己才是贏家的魔女們揚唇而笑──

「什麼！」

她們的笑臉被耀眼閃光照得僵住了。

光芒來自拉・芙莉亞的刺刀。青白色光輝如火焰般噴湧而上，化為巨劍的形貌──劍身長達十幾公尺的光之大劍。

好比將乾麵包屑壓碎，那把劍粉碎了撲過來的成群觸手。

「姊……姊姊！」

「精靈庇護的光芒……怎麼可能會有這種事……」

魔女姊妹望著「守護者」毫無抵抗地被斬斷，雙雙陷入恐慌。

公主揮舞的閃光真面目正是阿爾迪基亞王國騎士團自豪的擬造聖劍——將大量靈力灌注於武器，令武器靈格暫時提升至聖劍等級的戰術支援兵器。這項裝備原需大型精靈爐供給靈力，但身為靈媒的拉．芙莉亞能在自己體內召喚精靈，隻身重現效用。

對魔族而言具致命性的精靈光輝，使得魔導書的防禦魔法失效，更將大群觸手連根斬去，宛如割除雜草的壓倒性破壞力。

「——狻猊之舞伶暨高神真射姬於此誦求。」

緊接著又聽見紗矢華口裡編織而成的莊嚴禱詞。

紗矢華的劍在不知不覺中已經改換成弓的模樣。輪廓帶有近未來風格的西洋弓（反曲弓），搭上弦的則是伸縮式金屬箭。那把武器名叫「六式重裝降魔弓」——獅子王機關自豪的試作型可變制壓兵器。

「極光的炎駒、煌華的麒麟，汝統天樂及轟雷，乃披憤焰貫射妖靈冥鬼之器——！」

紗矢華朝自己頭上放箭。嚆矢飛翔嗡鳴，散發出宛如痛哭的遙響。

魔弓「六式重裝降魔弓」射出的嚆矢，能夠誦唱人類聲帶及肺活量無法吟詠的高密度咒語。殺傷力不在於箭矢，箭矢釋放的咒語才是真正的攻擊。

獅子王機關的舞威媛是詛咒和暗殺的專家。

紗矢華施展的凶惡詛咒，解除了加諸在「守護者」身上的魔法，使本體遭到火噬。

詛咒經由「守護者」的根，讓致命效果遍及面積超過三百公頃的整座阿什當森林。

淨化之焰將森林焚燒殆盡，梅雅姊妹的「守護者」被消滅，所花時間不到數分鐘。一切妖邪之物都已誅除，只留燒得焦黑的魔法陣痕跡。

「森林……消失了……怎麼……會這樣……？」

「我……我們的……阿什當的守護者被……」

魔女姊妹領悟到自己敗北，寶貝地抓緊魔導書，爭先恐後想逃走。

不過，她們隨即絕望得表情緊繃。

在樓下待命的特區警備隊隊員們，一察覺觸手被消滅便蜂擁趕至。失去「守護者」的兩名魔女，無法從高度超過六十公尺的樓頂潛逃。威嚇射擊掃過腳邊，她們當場癱坐在地。

「姊……姊姊……！」

「不會吧……我們……居然會讓這種愚民抓住……」

發著抖抱在一起的魔女姊妹被警備隊員逮捕了。

阻礙咒語誦唱的鼻栓、防止傳心術的頭套、封印魔女肉體特性的拘束衣——這群人在

「魔族特區」執行維護治安的任務，在拘押魔女這方面已經積累了相關經驗，更領有對付魔女專用的豐富裝備。憑梅雅姊妹這種程度的本事，要逃亡幾乎是不可能。

「…………」

即使如此，紗矢華仍毫不鬆懈地守在公主身邊。

雖然局面曾逼得她們聯手對抗魔女，但是紗矢華原本的任務就是擔任拉．芙莉亞的護衛。紗矢華有義務保護公主，直到她離開絃神島為止。

和絃神島全區被異常空間籠罩時相比，狀況已經改變了。扭曲空間的魔導書散失，公主遭受危險的可能性被排除。儘管仙都木優麻仍然健在，不過拉．芙莉亞已無理由和她交手。

而且，拉．芙莉亞同樣受義務束縛。身為公主，現在的她礙於立場並不能隨意行動。即使想去支援古城等人，也有因素使她不能那樣做。

結果就是紗矢華也無法離開現場。明明知道監獄結界和古城等人陷於危機，她卻一籌莫展。當紗矢華心裡正為了這個事實糾葛時——

「公主，您沒事吧——？」

忽然間，她們背後傳來男性的粗嗓音。

穿著隆重裝甲戰鬥服的一群男子，從停懸在空中的特區警備直升機跳了下來。他們是阿爾迪基亞的騎士團員，拉．芙莉亞的部下。

「你們也辛苦了。戰果如何？」

拉・芙莉亞慰問般微笑著說。由於她和特區警備隊訂了密約，阿爾迪基亞的騎士們之前都在市區執行特殊任務。

「擊破ＬＣＯ的四組殘黨，扣押七本魔導書。有不錯的伴手禮能帶回去獻給陛下了。」

順利完成任務的騎士團小隊長略顯得意地報告。

「是啊。看來可以當成擅自動用騎士團的藉口。」

使壞般笑著的拉・芙莉亞點了頭。

阿爾迪基亞騎士團願意幫忙逮住登陸絃神島的ＬＣＯ成員。相對的，他們要求接收那幫人持有的魔導書。那就是拉・芙莉亞開出的條件。

特區警備隊能一解戰力不足之急，阿爾迪基亞王國則可以得到魔導書。十分符合慣於外交的拉・芙莉亞的作風，堪稱絕妙交易。

「也確認過王妹殿下安好了。據說她目前正由笹崎岬攻魔官保護。」

「……笹崎岬？是四拳仙的『仙姑』嗎？」

「似乎確為其人。」

小隊長嚴肅地點頭，拉・芙莉亞有些驚訝地揚起眉毛。

四拳仙的名號，紗矢華也很熟悉。

他們是將武術和仙術練得爐火純青的肉搏戰高手，當中有一人就被獅子王機關聘為武術教官。雖說那是見習時期的往事，但紗矢華和雪菜曾經聯手挑戰教官，卻連對方的一根手指都沒能碰到。四拳仙就是這種怪物。

和那個怪物同層級的人物正在保護叶瀨夏音。得知這一點，讓拉．芙莉亞露出放心的表情。表裡如一，坦率得不像她會有的表情。

接著，公主忽然轉向紗矢華說：

「對於這件事的發展，我也希望再關注一會兒，但時間似乎已經到了。我得立刻離開這個國家。」

「啊……好的。」

拉．芙莉亞這聽來性急的發言，瞬間讓紗矢華露出訝異之色。

不過，她立刻就察覺拉．芙莉亞的真正用意了。

只要公主離開日本，紗矢華的任務也會結束。這樣她就可以憑自己的判斷隨意行動。在獅子王機關指派新任務之前，她要支援古城和雪菜應該也是可行的。

「這次讓妳費了不少心。我會記得拜託獅子王機關，讓妳在執行下一項任務之前能獲得充分休養。」

拉．芙莉亞說著露出奇妙的表情。

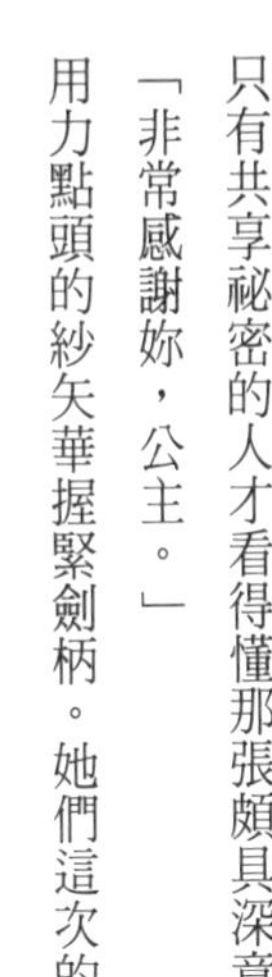

只有共享祕密的人才看得懂那張頗具深意的微笑。

「非常感謝妳，公主。」

用力點頭的紗矢華握緊劍柄。她們這次的事件尚未結束。

7

古城等人移師到即將崩塌的聖堂中。這是優麻施展的空間傳送。伴隨著劇烈眩目感，古城和雪菜被扔到滿是灰塵的堅硬地板上。

為什麼優麻不只傳送自己，連古城和雪菜都要一起帶來？這就不得而知了。

不過，原因隱約可以想像。

感覺優麻希望有人見證。

見證她達成目的的瞬間。見證她本身活在世上的意義，就此毀滅的那個瞬間——

「那月美眉……是監獄結界的鑰匙？」

這是怎麼回事——古城問道。

南宮那月在聖堂大廳的椅子上持續沉睡。

她穿著滿是荷葉邊的綁帶禮服，在常夏的絃神島並不合宜的悶熱服裝。不過對如今像人偶般持續沉睡的她，倒是合適得嚇人。

優麻傾全力打破監獄結界的封印，那陣衝擊大概也有傳到聖堂裡的那月身上。有一滴鮮血從那月的太陽穴流到了臉頰。

可是，在波朧院節慶前一天失蹤的那月，為什麼會獨自待在這裡？古城完全無法理解。根本來說，睡在這裡的那月真的是古城所認識的她嗎？

「——你可以想想看。連人工島管理公社都無法確認所在地的異空間監獄，是由誰用什麼方式將囚犯送進來的？」

優麻冷冷瞪著沉睡的那月說了。

「『空隙魔女』南宮那月身兼監獄結界的看守、顧門人、門扉及鑰匙。基本上，監獄結界就是用來封印凶惡魔導罪犯的魔法名稱——她則是唯一能使用那招的人。」

古城無言地聽著優麻說明。照這麼說來，道理很單純。

監獄結界是由那月維繫的魔法，所以她才會待在這座聖堂裡。而結界遭到破壞，她的身體就硬生生受了衝擊。

所謂魔女，是和惡魔互立契約的女性別名。透過身為惡魔眷屬的「守護者」，她們就能使用和惡魔同樣的力量。魔女擁有人類之軀，又可駕馭匹敵高階魔族的魔力，魔法方面的本領甚至凌駕最高階的魔法師。

然而和惡魔立下契約，需要付出代價。

優麻付出的代價，是將「解放監獄結界」這項絕對命令內化於心。她是專為完成這項命令而被扶養長大，因此才換來了操控空間的力量。

那麼，那月付出的代價又是什麼——

答案會不會就是監獄結界？

她得一直封印著這巨大空洞的監獄，獨自一人，而且至死方休。

那就是課予她的詛咒。假設她和惡魔互立的契約就是如此——

「這座聖堂是南宮那月居住的城堡。她一直都在這裡生活喔。從十年前就一次都沒有到過外面，她始終孤身睡在這裡。」

優麻環顧陰暗的聖堂說著。古城否定這些話。

「那太奇怪了吧？那月美眉一直在我們學校當老師啊。」

南宮那月是彩海學園的英文老師，也是古城等人的班導師。她在絃神市的高級住宅區坐擁豪宅，還收容亞絲塔露蒂和夏音一起生活。她沒理由要睡在被封印於異世界的空蕩聖堂。

可是，面帶戚色的優麻微笑著搖頭。

「你認識的南宮那月，是她的本尊用魔法創造出的幻影。那只不過是待在這裡的悲哀少女所作的一場夢而已。」

「妳說……幻影……？」

優麻這段話讓古城忘了呼吸。

不可能——要如此否定，他辦不到。能耐高如那月的魔女，要創造出具備實體的分身並裝成普通人，應該是易如反掌的事。

與其說——那月異樣年輕，古城也能理解她保持年幼而不會變老的理由。

最重要的是，這名睡在監獄結界中，又長得和那月一模一樣的少女會是誰？古城想不到其他可以接受的解釋。

「再怎麼消滅幻影都沒意義，因此ＬＣＯ以往都沒有對她出手。除非解開結界的封印，讓她的本尊回到我們這個世界。」

優麻走向持續沉睡的少女。從她背後浮現的藍騎士舉起鐵鎚般巨大的拳頭。那名「守護者」應該只要一擊，就能讓睡得毫無防備的嬌小少女輕易斃命。

優麻像是從喉嚨擠出聲音似的又說：

「監獄結界的罪犯都被囚禁在這個少女的夢中。只要摧毀她，就能解放那些囚犯。」

「——解放以後，又能怎麼樣？」

古城唐突的問題讓優麻停下腳步。

「為了解放監獄結界而出生的妳，在完成使命後會變成怎樣？妳母親會稱讚妳嗎？」

「古城……」

「想來是不會吧……就像剛才那本被燒光的魔導書一樣，難道她不會把妳當垃圾丟掉了事嗎？妳真的那麼希望嗎？優麻？」

古城挺身保護背後的那月並瞪向優麻。

優麻帶著一副隨時會哭出來的臉，微笑著搖搖頭說：

「我明白喔，古城。我的行動沒有任何意義，這點我比誰都明白。」

「既然如此——！」

「可是我不能違抗既定的命運！這是我和惡魔立下契約的代價！」

優麻悲痛地大叫。理應跑進古城肉體的她，面容卻和小時候的她莫名重疊了。

「我只有這種命運。如果我承認這沒有意義，我來到世上這件事——我的一切都會變得沒有意義！」

「妳錯了！」

古城向前踏出了一步。優麻彷彿被他懾服，後退一步。

「之前妳自己說過，妳有我在，我會承認妳活著的意義。所以，妳根本不用遵從那種無聊的命運！」

被奪走第四真祖的能力，還被奪走本身肉體，古城卻依然毫不猶豫地對著奪走那些的本人如此斷言。優麻眼裡有一瞬間露出笑中帶淚的神采。

「……簡直像求婚的台詞呢。」

「咦？」

「古城，你從以前就是能面不改色說出這種話的人。那明明讓你受了不少罪，到現在你還是沒有自覺啊……不過，謝謝你。我好高興……光是這樣，我就——」

我就心滿意足了——優麻的唇如此訴說。

古城連叫她住手都沒辦法。

因為那個時候，優麻的身影已經消失。她毫無預警地穿越空間，出現在古城的死角，來到沉睡的那月背後。

於是遍體鱗傷的藍騎士揮下鋼拳，打算將那月揍成肉泥——

「唔！」

正面接下那一拳的，是燦然發亮的銀槍。穿著童話風格藍禮服的少女將長槍高舉過頭，擋住了巨大騎士的手臂。

「——姬柊！」

藍騎士的身高比嬌小的雪菜高出近一倍，為鎧甲所覆的身軀重量理應有她的十倍之多，那不是能硬生生承受下來的攻擊。

可是，雪菜的槍輕易貫穿魔女的「守護者」，摧毀其拳頭。

「那把長槍……這樣啊……是『七式突擊降魔機槍』嗎……？」

優麻面色凝重。令萬般魔力失效的破魔長槍，對靠魔力維持具現化的魔女「守護者」來說，沒有比這更具相剋性的武器。

「我是獅子王機關派來監視第四真祖的人。」

雪菜舞出槍花，空氣颼的一聲被劃破。三叉槍尖指向優麻的心臟。那副架勢徹底表明她的立場。既然想說服優麻的古城失敗了，她就不會手下留情——這就是雪菜的意思。

「——我要收回曉學長的肉體！」

「想得美……」

優麻淡然失笑，並將視線短瞬轉向呆站著的古城。

「有那把槍的力量，明明只要攻擊我原本的身體，就能輕鬆了結問題……妳沒那麼做，是因為受了古城感化嗎？妳果然也被他哄得服服貼貼？」

「不對！」

雪菜亂生氣地回嘴。

「我……我只是判斷以現狀而言這樣做最妥當！既然在空間操控術式破除之際，第四真祖的魔力有可能失控，就必須優先收回那副身體。這是分析得極為合理的結論！況且——」

「唔！」

雪菜說完以前，猛蹬聖堂地板縱身一躍。她那柄長槍化為颶風，精準地捅向優麻胸口。

「——兩邊難度差不多。」

雪菜的話並非虛張聲勢。面對雪菜連獸人都能壓制住的攻速，不具肉搏戰能力的優麻無法反應。

「『蒼』。」

優麻命令「守護者」防禦，可是雪菜的槍將藍騎士的厚重裝甲當空氣般斬開了。青白色火花四濺，藍騎士發出痛苦咆哮。

咂嘴的優麻將空間扭曲。她想靠空間移轉繞到雪菜的死角，不過——

「沒用的！」

彷彿從最初就看穿優麻會這麼做，雪菜調頭朝她出現的地點持槍一掃。那是劍巫的未來視。單純的奇襲在戰鬥中對具備靈視能力的她不管用。

遭到破壞的裝甲碎片四散，藍騎士的巨軀顯得踉蹌。

「只要妳還操縱著那副肉體，妳的『守護者』就必須將大半魔力用於連接空間，戰鬥能力理應所剩無幾。」

「的確……照目前狀況，要打倒獅子王機關的劍巫大概很難。」

優麻爽快地承認自己屈於劣勢。劍巫能和吸血鬼真祖戰得不分上下，是對付魔族的作戰專家，並非區區魔女不經籌謀就能抗衡的對手。

「可是，妳沒忘記吧？我根本不需要老老實實地和妳打——！」

優麻如此說完，施展空間移轉。移轉的目的地是雪菜無法追擊的聖堂上空。

「糟糕——！」

察覺到優麻的企圖，雪菜表情僵硬。

藍騎士發動攻擊魔法。那屬於初階火球術，但是以魔女的魔力施放那招，威力將形同一般的炸彈。而優麻選擇的攻擊目標並不是雪菜或那月，而是持續沉睡的那月頭頂，石砌的聖堂天花板。

面對砸下的石塊，可讓萬般魔力失效的「雪霞狼」也無能為力。數噸的重量受重力牽引而崩落，雪菜並沒有從中保護那月的手段。

然而在她絕望的瞬間，在場的古城已經衝了過去。

「喝啊啊啊——！」

古城扛起那月嬌小的身軀，直接滾到地上。晚了一瞬砸下的石塊將那月原本坐的椅子壓得粉碎。

「學長……！」

雪菜驚訝得眨眼。比起她身為劍巫的未來視能力，古城早一步預測到優麻的攻擊了。雪菜對此感到訝異。

她懷有的疑問從古城口中得到了答案。

「抱歉，優麻。妳看準要丟三分球的臉，我記得很清楚。」

古城抬起滿是灰塵的臉，自信地露出笑容。古城還沒忘記青梅竹麻令人懷念的絕活。他從一開始就在提防優麻發動奇襲。

「古城……！」

著地的優麻表情貌似十分難受地扭曲。

「你為什麼還能這樣笑出來？我明明一直在騙你！我明明是罪犯創造出來的先天魔女！我明明摧毀了你住的城市，還打算傷害你的朋友——！」

「優麻……」

古城呆呆望著沉痛大叫的老友，而他的視野忽然染上緋紅。

從本身額頭流出來的鮮血跑進了眼睛。

「這……怎麼回事……！」

古城察覺自己渾身是血的模樣而陷入愕然。

那不是在地上打滾時受的傷，也不會痛。可是，優麻原本美麗的肌膚皮開肉綻，出血極為嚴重。

能想到的可能性有一種。優麻的肉體正在哀號，她強行藉著連接空間占據古城的身體，引出第四真祖的魔力，雖說只有短瞬，還喚出了眷獸。和雪菜交手更讓她的「守護者」受創，再加上連續施展空間移轉——

哪怕是魔女，也早就超出極限了。承受不住釋放的魔力，優麻的肉體開始崩潰。

「優麻！」雪菜聲音顫抖著。「請妳就此住手。再繼續釋放魔力，妳的身體會——」

「沒關係……！」儘管逆流的痛楚令嘴唇抽搐，優麻仍壯烈地笑著。「再一下下，我的使命就會結束。這樣我總算……可以自由了……」

雪菜默默咬唇，然後深深呼出氣息。銀色槍身不出聲響地迴旋，亮麗秀髮翩然飄揚。拯救優麻的方式僅剩一種——

只能速戰速決。

「——狻猊之神子暨高神劍巫於此祀求。」

雪菜從唇裡肅然編織出禱詞。她伴隨銀槍起舞，好比劍士向神祈求勝利，也宛如巫女授與勝利預言。

「破魔的曙光、雪霞的神狼，速以鋼之神威助我伐滅惡神百鬼！」

比之前倍增的爆發性靈力流入，銀槍綻放閃光。閃光繞身的雪菜疾速衝刺，優麻看不清她的動作。「雪霞狼」的一擊分毫不差地——貫入古城肉體的心臟。

讓人這麼以為的瞬間，雪菜的攻勢卻停下來了。銀色槍尖並未觸及古城胸膛，因為在眨眼的剎那之間，雪菜對攻擊產生了猶豫。

採取行動的優麻沒放過那一絲絲破綻。

藍騎士以巨拳從旁痛毆雪菜。雪菜勉強用槍擋住，卻無法連衝擊都抵擋下來。她嬌小的身軀彈飛，重重摔在幾公尺遠的地板上。

「姬柊！」

「……我……不要緊……這種程度的攻擊……」

雪菜制止想趕到她身邊的古城，搖搖晃晃地撐起身體。她朝銀色長槍伸出手，撿起的槍卻再次掉到地上。硬生生承受藍騎士的攻擊，導致手臂的感覺麻痺了。

「妳真是個善良的女生。」

優麻望著半跪在地的雪菜說了。那並非嘲弄的語氣，聲音裡反而流露出藏不住的羨慕。

「能令萬般魔力失效的獅子王機關祕藏兵器——縱使吸血鬼不老不死，被『七式突擊降魔機槍』刺穿，也不確定是否真的能復活，所以妳才會停下攻擊。原來，妳下不了手殺害古城的身體——」

「……我不懂……妳在說什麼。剛才……我只是稍微大意了。」

雪菜用長槍代替拐杖，勉強站了起來。

然而照她目前的狀況並不能繼續戰鬥，至少不該期望她有原本的戰鬥力。畢竟雪菜連舉起武器也辦不到。

「再試幾次都一樣喔。這妳自己也知道了吧？」

優麻像是在同情受傷的雪菜。哪怕再站起來多少次，只要雪菜傷害不了古城的身體，她就沒有勝算。

可是，篤信自己將獲得勝利的優麻表情卻忽然嚇傻了。

「學長……」

古城依偎著搖搖晃晃的雪菜，從背後將她扶穩。

他把手湊向銀色長槍，兩個人一起持槍擺出架勢。

「古城……你為什麼……」

難道你不明白自己正用槍對著誰的身體嗎——表情看來想這麼問的優麻開了口。「七式突擊降魔機槍」是連真祖都能誅殺的破魔之槍。古城用它對著自己，形同自殺的不智舉動。

「抱歉，優麻。我要將妳揍飛，然後回到自己的身體。再說用現在的身體也不能像『平常那樣』吸姬柊的血。」

古城卻獰笑著放話。雪菜氣得歪了唇。

「來吧，優麻——接下來是屬於曉古城的戰爭。」

古城從雪菜手裡搶走長槍，朝優麻直衝而去。「雪霞狼」比想像中更沉更重，但並沒有到再勉強也揮舞不了的地步。

「古城——！」

優麻懊惱地大喊並消失蹤影。空間移轉——！

不過，那也是古城最初就料到的事。

優麻不能攻擊古城——也就是她自己的肉體。

如果傷到她的身體，空間操控的魔法就會解除，讓古城的心靈回到本身肉體。而優麻的心靈則會回到自己那副受創的身體，陷入無法行動的窘境。假如古城帶著手刃自己身體的決心相逼，優麻只能選擇逃而已。

而優麻會逃到哪裡，古城也早就明白了。

她的目的是抹殺那月。只要古城離開那月身旁，優麻自然會移轉到那裡。移轉到能將沉睡的那月殺害的地方。

所以，古城沒有多等待。

在施展空間移轉的優麻再度現身前，他已鼓起渾身力氣擲出槍。

「唔……！」

回到正常空間的優麻，目睹的是朝自己心臟飛來的銀色長槍。

「『蒼』——！」

體認到自己避不了，優麻遂命令自己的「守護者」防禦。身披厚重甲冑的藍騎士交錯雙臂以防禦長槍。不具靈力的古城將槍擲出，也無法讓「雪霞狼」發揮原本的魔力無效化能力。這樣破除不了「守護者」的防禦——！

「沒用嗎！」

古城感受到些許絕望。

隨後，穿過他視野的是個身穿藍色禮服的嬌小少女。

她露出動人笑容，並在空中迴身施展出強烈的後旋踢。

這一記就踢在捅向藍騎士手臂的銀槍尾端。

「——不，學長。是我們贏了喔。」

雪菜話還沒說完，「雪霞狼」便綻放耀眼光輝。雪菜不是用仍然麻痺的手，而是靠踢出的腳尖將靈力灌入槍身。

獅子王機關的祕藏兵器環繞著神格振動波，貫穿藍騎士的雙臂，也貫穿了罩著甲冑的軀幹，然後深深刺穿「曉古城」的胸口。

「怎麼可能……古城，你為什麼……」

優麻看似恍惚的低語，被玻璃碎散般的尖銳衝擊聲掩沒。

操控空間的魔法遭無效化，反作用力對大氣造成撼動。

藍騎士的巨軀好像融入空間般消失了。

而古城的肉體留在現場，有如斷線的人偶緩緩仰天倒下。

可是，古城背後傳來的並非堅硬地板的觸感，而是一股包容他的柔軟彈性。雪菜在古城倒地前，從背後摟住了他的身軀。

古城的胸膛留著被長槍深深刺穿的痕跡，不過驚險萬分地避開了心臟。對於具備強大痊癒力的吸血鬼來說，這並不算致命傷。

話雖如此，重傷依舊是重傷，曉古城捧著沾滿鮮血的胸口虛弱地呻吟：

「好痛……」

瞧了第四真祖那副表情，雪菜發出安心的嘆息。

既不英挺也無悲壯感，儘管有股說不出的懶散，卻顯得尋常可見的高中生的臉。

她相當熟悉的少年一如往常的模樣。

雪菜為了不讓本人聽見，悄悄摀住他的耳朵，只在口中溫柔呢喃：

「歡迎你回來，學長——」

終章 Outro

絃神島——人工島北端的崖壁，有個男子站在耀眼的陽光下。

金髮碧眼的俊美貴族青年，迪米特列．瓦特拉。

在他視線的前方是一座即將倒塌的古老聖堂，守護真正監獄結界的最後堡壘。

藉著吸血鬼的超視力，他目睹了事情的來龍去脈。

奪走第四真祖身體的仙都木優麻，已被獅子王機關的劍巫和曉古城聯手擊敗。

還有監獄結界的「本尊」，目前仍毫無防備地留在正常空間——

「仙都木阿夜的女兒玩完了？真可惜啊。」

瓦特拉嘴邊仍帶著笑容，咕噥的口氣絲毫感覺不出遺憾。他伸出食指打節奏，動作間有種孩子氣的調調。

「話雖如此，反正監獄結界也出現了，親手摧毀最後的門鎖也算一種選擇吧——」

他瞇起的碧眼染得如血般深紅。凶惡血霧從全身湧現，不久後就化成巨蛇的樣貌。

那是寄宿在迪米特列．瓦特拉血中的九匹眷獸之一，操縱水壓的海蛇眷獸。它能瞬間將那座聖堂中的空氣壓縮為數千氣壓，相反的也能使其變成真空。

殺死沉睡的南宮那月，解放那些被囚禁於她睡夢中的魔導罪犯。

瓦特拉還可以順便試試自己的眷獸對第四真祖是否管用，確認獅子王機關的劍巫能不能克服那樣的危機，也同樣不錯。

但是在那之前——瓦特拉轉向背後。

「『娑伽羅』！」

然後，他毫不保留地解放自己的眷獸。

絃神島北區的貨櫃調度場——「魔族特區」內的企業，用來將原料或資材裝上貨輪的工業港。由於現在是舉辦波朧院節慶的期間，港口停止辦理業務，也沒有職員留在港灣，調度場裡堆積著無數的空貨櫃。

在堆積如山的貨櫃上站著一道陌生人影。

那是個十幾歲的嬌小女孩。不過，瓦特拉敏銳地察覺到環繞於那女孩身上的魔力波動，因此他才會放出眷獸。

瓦特拉的眷獸在宿主的殺心引導下，將本身肉體幻化為撲向女孩的超高壓水流。

十萬氣壓——眷獸那足以讓黑炭變成鑽石的一擊，卻被女孩單手撥開。她徒手擋下了「舊世代」的吸血鬼眷獸。

其衝擊揭起龍捲般的暴風，數具貨櫃崩落。即使如此，女孩仍面不改色地俯望瓦特拉。

「到此為止，蛇夫……現在還不要妨礙我等沉睡……」

女孩用冷漠清澈的嗓音說道，生硬的語氣彷彿借了別人的口。

她穿著黑色洋裝。

緊收的腰部剪裁讓年幼身軀的曲線鮮明浮現。頭上戴的是獸耳造型髮箍，黑色及膝襪腳下則穿了附肉球的靴子。看來那是黑貓造型的扮裝服，仔細一瞧還附有尾巴。

然而，與可愛服裝正好相反，女孩放大的瞳孔沒任何感情，只有唇邊徒具形式的笑。

「妳是什麼人？」

瓦特拉愉悅地揚起嘴唇。

女孩什麼都不答。她的頭髮相當長，但也許是平常都綁得短短的關係，髮型捲得有些奇妙。瓦特拉並不知道別人是用「曉凪沙」這個名字來稱呼這女孩，而且現在的她也不會自己提起那名字。

「——意思是，妳不打算回答？」

瓦特拉的左右兩旁又出現新眷獸。共計三匹的巨大眷獸交纏成螺旋狀，轉變為一匹眷獸。三頭龍——長有漆黑鱗片及翅膀的惡龍。

那隻惡龍無止盡地吸入周遭大氣，增加自身質量，樣貌好比神話或傳說中的怪物。如果亂流或颱風之類的天災擁有實體，感覺恐怕就是這副模樣。

「那麼相對的，妳就陪我玩玩吧——！」

瓦特拉朝著貓耳少女解放那匹怪物。

單以一人為目標，眷獸顯得太過巨大。光是攻擊的餘波，應該就會讓絃神島的人工地殼連帶受到可觀損害，當然站在中心點的女孩也將消滅得不留痕跡。為了見證那情景，瓦特拉瞇起眼睛。結果——

下個瞬間，他的全身受到肉眼不可視的衝擊彈飛。

「唔……嘎啊…………！」

瓦特拉撞在離原先位置大約九十公尺遠的防波堤，口裡嘔出血花。朝女孩發動的攻擊逆流回到他身上了。

全身血液都因壓力劇增和大氣摩擦而沸騰，右半身幾乎不留原型，沒有半根骨頭完好。普通的人類或魔族自是不提，連尋常的吸血鬼八成都會當場斃命。

即使如此，他仍未失去意識。非得是繼承真祖血液的吸血鬼貴族才能如此。

瓦特拉的眷獸斷了魔力供給，已經喪失實體，煙消雲散。

取而代之出現在那裡的，是冰河般剔透澄澈的新眷獸。

那是一匹全長不到十公尺的美麗眷獸。上半身近似人類女性，下半身則為魚尾；背後還長有羽翼，指尖如猛禽般長成銳利的鉤爪。

冰之人魚，或者妖鳥(Seirên)——

身上環繞冰冷凍氣的眷獸守護著貓耳少女，睥睨著瓦特拉。

令瓦特拉的眷獸消滅，使他身負瀕死重傷的就是那匹冰之眷獸。

「怎麼可能……那傢伙是『妖姬之蒼冰（Alrescha Glacies）』……奧蘿菈・弗洛雷斯緹納的第十二號眷獸。為什麼妳能使用那股力量？」

傷得體無完膚的瓦特拉問道。少女卻什麼也不答。

瓦特拉用一雙濁眼瞪著少女，然後聳肩笑了出來。

「不對。我懂了……原來是這麼回事……哈哈！所以才會這樣嗎——」

血塊從他一直笑著的喉嚨裡湧出，沸騰的體液自全身傷口滿盈而出。即使如此，他仍笑個不停，令人感到瘋狂的開朗大笑。

「那就是曉古城吞下奧蘿菈，將第四真祖力量納入手中的理由啊……那過程妳始終看在眼裡。嘎哈哈哈哈哈……！」

「……你痛快些了嗎……蛇夫？」

貓耳少女站在貨櫃上傻眼似的問道。

「還好……託妳的福，我心情實在不錯。對啊，這理所當然不是嗎？假如有第四真祖以外的人能使用第四真祖的眷獸，可能性只有一種——」

終於停止大笑的瓦特拉緩緩起身。

全身碎裂的骨頭幾乎都已痊癒，失去的內臟和右半身也再生完成。就算用傳說中不老不死的吸血鬼為基準，此等回復力仍然驚人。

貓耳少女望著復活的吸血鬼說：

「給你一個忠告，迪米特列．瓦特拉。」

「……妳想說什麼呢？『十二號』？」

瓦特拉眼帶挑釁地反問。有著曉凪沙外表的少女顯得不耐，一瞬間挑起眉毛。接著她又用靜靜的語氣繼續說道：

「事情可還沒結束。完全沒有──」

✝

曉古城在陰暗的聖堂中醒來了。

他失去意識似乎並沒有經過太長的時間，背後接觸到的地板依然感覺冰涼。

不過，只有觸及白色布料的右臉頰帶著微溫。那塊布料是讓他枕著大腿的雪菜所穿的禮服一角，這點他還沒發現。

儘管如此，想進一步貪求這種舒適的古城仍在無心間翻了身──

器一般。

「你醒了嗎？學長？」

「——姬柊……！」

耳邊傳來雪菜的聲音，嚇得他連忙跳起來。

下個瞬間，劇痛貫穿全身，讓古城痛苦悶哼。痛得好比體內所有神經都被塞進食材攪碎

「我感覺全身上下都痛得要死……」

「……果然，和我們料想的一樣。」

雪菜摸了摸古城的頭，手法宛如安撫著令人操心的弟弟。

那明顯像在對待小朋友，讓古城覺得很害臊，不過既然治癒魔法對身為吸血鬼的他不管用，雪菜大概也沒有其他辦法。就算將古城帶去醫院，要治療被魔女占據身體的後遺症，想來醫生也開不出什麼像樣的藥方。開得出來倒也挺可怕。

對取回吸血鬼肉體的古城來說，似乎只有一帖特效藥就是了——

「姬柊小姐……我想請問一下，血……」

「我不會讓你吸喔。絕對不會。以往只是因為情況緊急，不得已才讓你吸的！」

雪菜氣呼呼地將嘴唇抿成一條線，然後捏了古城的臉。古城對此感到安心。雪菜果然明白他真正的想法。

以往雪菜只獻血過兩次，都是發生在古城喪命後。

所以古城才會那麼說——他要求猶疑著該不該使用「雪霞狼」的雪菜，像「平常那樣」讓他吸血。

哪怕古城被一擊斃命，他也可以藉此在雪菜面前復活。

就是因為自己這樣的建議生效，雪菜才會在最後毫不留情地用上「雪霞狼」——古城如此希望。

「還好妳聽得懂我的意思。」

「請你不要再當著其他人的面講出那種話了。」

雪菜說著又捏了古城的臉。沒有當著其他人的面就可以嗎？古城心裡單純感到疑問。

「對了……優麻呢？」

「她沒事。空間連結被切斷時，她受的衝擊應該沒有學長那麼嚴重——」

雪菜目光一轉，看向躺在古城旁邊的優麻。

優麻依然臉色發青，而且全身到處都有出血的痕跡。不過，生命似乎無大礙。她的胸口規律地上下起伏，也沒有痛苦得表情扭曲。

像這樣從外表觀察，優麻果然有一張漂亮臉孔。和像男孩的氣質正好相反，她凹凸有致的身材格外像女生。事到如今，古城也覺得有些可惜。跑進她身體裡的那段期間，就算換一次衣服或者洗個澡，大概也會被原諒吧。

當古城不經意想著這些歪念頭時，優麻忽然睜開眼睛望了他。看來她從最初就恢復意識了。她朝因為時機太巧而感到心虛的古城——

「我……失敗了嗎？」

口氣平靜地問道，空虛嗓音不顯憤怒及悲傷，彷彿失去生存目的且一心盼死的老人。

看了青梅竹馬這副模樣，古城感到強烈憤怒，也不顧全身神經陣陣作痛就撐起上半身瞪了優麻。

「不對，不是那樣。妳已經解脫了啦。」

優麻吃驚地眨了幾次眼睛，然後露出花一般的微笑。

忽然被這張笑容打動心扉的古城臉紅了。那個像男生般帥氣的優麻，經過四年也會露出這麼優雅的臉了。

「古城。」

「怎樣啦？」

優麻仰望著明顯害羞的古城，使壞般問道：

「之前跑進我的身體裡，你有什麼感覺？」

「啥……！」嗆到的古城不禁咳嗽。「妳別用那種會造成誤解的說詞啦！」

「你沒對我做下流的事？」

「沒有！」

古城莫名困窘地扯開嗓門。就算他明白越激動就越像在說謊，在這種狀況下也把持不住情緒。在旁邊的雪菜目光很是不悅，讓古城感覺芒刺在背。

「……受不了，惹出這麼大的風波，你們還能這麼悠哉啊。」

這時候，有陣令人懷念的說話聲從古城等人背後傳來。口齒並不清晰，卻又不可思議地帶著威嚴的奇妙嗓音。

回頭望去，原本沉睡的南宮那月就站在那裡。

現在的她應該不是用魔法創造出的分身，而是被封印於監獄結界的本尊。不過，由於那模樣太一如往常，古城覺得將事情想得太複雜的自己很蠢。不管是本尊或分身，總歸來說，那月就是那月。

「南宮老師，妳果然醒了。」

雪菜安心地說了。只要身為監獄結界門鎖的她醒來，看是要重新設下封印或者建構新的防禦機制，狀況仍大有可為。

「妳該不會……都在裝睡吧……超詐的。」

古城仰望那月，眼裡帶了滿腹的牢騷。於是她有些惱火地說：

「我保存實力是事實。畢竟直接挨中第四真祖的眷獸之力，就算是我，也不可能毫髮無傷吧……你還真有膽量對恩師動粗。過來，我要給你獎勵。」

那月說著冷不防用指頭彈了古城的眉心。

「好痛——！這哪叫獎勵！還有，那根本不是我幹的！」

「嗯？怎樣？是這裡嗎？你喜歡被彈這裡？」

「咕啊！可惡……妳根本就活蹦亂跳的嘛！」

淚水盈眶的古城捂著眉心埋怨，不過全身不間斷的劇痛似乎緩和了一些。也許是那月用魔法替古城療了傷。話說回來，總有像樣點的治療法吧？古城這麼嘔氣。

然後，那月一臉傷腦筋地俯望著古城嘆道：

「受不了……沒想到我也有被學生拯救的一天。當個人類，還真是不想變老。」

「妳哪有立場說這種話啊……」

以外表而言只像女童的那月這番話，讓古城聽得傻眼。

這樣的她忽然正色轉向優麻。

「……仙都木阿夜的女兒。怎麼樣？妳還要繼續嗎？」

優麻靜靜起身，搖搖頭說：

「我決定算了。之前的強烈焦躁感已經消失，我似乎沒有理由再對監獄結界不利……畢竟『蒼』也成了這副模樣。」

「是嗎？」

望著優麻具現化的「守護者」，那月點點頭。

由於過剩的魔力逆流及和雪菜交手，無臉藍騎士呈現出滿目瘡痍的悲壯模樣。就算它能恢復，優麻要完全取回魔女的能力，理應需要漫長的歲月。而且她本身應該並不這麼期望。

她終於從母親的詛咒中解脫了。

古城體會到這點，不自覺地露出滿足的微笑。

異變正是發生在這一瞬間。

「……『蒼』？」

想命令「守護者」解除具現化的優麻，貌似不安地聲音顫抖。

無臉藍騎士全身的甲胄吱嘎作響地抖動，就像金屬相互碰撞的奇怪噪音。古城突然聽出那是笑聲。

在仿若骸骨的空虛面具背後，遍體鱗傷的騎士竊笑著——

「快住手，『蒼』！」

優麻用慘叫般的聲音下令，藍騎士的動作卻沒有停止。

藍騎士將手伸向佩於腰際的劍，首次拔了出來。

劍鞘底下亮出的，是磨得銳利發亮的全新劍身。

衝出的古城和雪菜分別挺身保護那月。

但藍騎士的下一個動作卻出乎古城等人的預料。

它將舉起的巨劍捅向優麻胸口，捅向自己應當保護的對象，也就是優麻。

「……優……麻？」

古城愕然望著這一幕。鮮血從優麻口中濺出。

「……母親大人……妳……不惜這麼做……」

優麻將手伸向自己的「守護者」，吐露出絕望之語。

劍深深地插在她的胸口，但理應貫穿優麻身體的劍尖卻沒出現在她背後。

藍騎士將優麻的肉體當成空間轉移門，把劍傳送到某個地方了。

「我苦候……這個瞬間已久，就等狡猾得無機可乘的妳出現短瞬的鬆懈。」

無臉藍騎士發出生鏽的嗓音。

那是女性嗓音，是歷經歲月的邪惡魔女說話的聲音。

「誘殺陷阱……嗎？沒想到妳用自己的女兒當餌……簡直喪心病狂。」

那月忽然擠出鄙視的嘀咕。

從她呼吸中散發的血腥味，讓古城臉色僵硬地回頭。

那月被蕾絲點綴得華美亮麗的胸口上，多了一道凶惡悍戾的鐵塊。

藍騎士手中的巨劍劍尖——

「南宮老師！」

「那月美眉！」

太過扭曲的光景，使得雪菜和古城只能愕然呆站著。

略顯生氣的那月瞪著古城那茫然自失的模樣，然後虛弱地笑著說：

「別叫班導師……美眉……你這蠢蛋。」

班導師如人偶般嬌小的身軀緩緩癱倒在地上。

無臉藍騎士不斷發出詭異笑聲。

抱起班導師那過於輕盈的身體——

「唔喔喔喔喔喔喔喔喔喔喔喔喔！」

古城唯有嘶吼。

即將崩塌的陰暗聖堂中，迴盪著第四真祖的咆嘯聲——

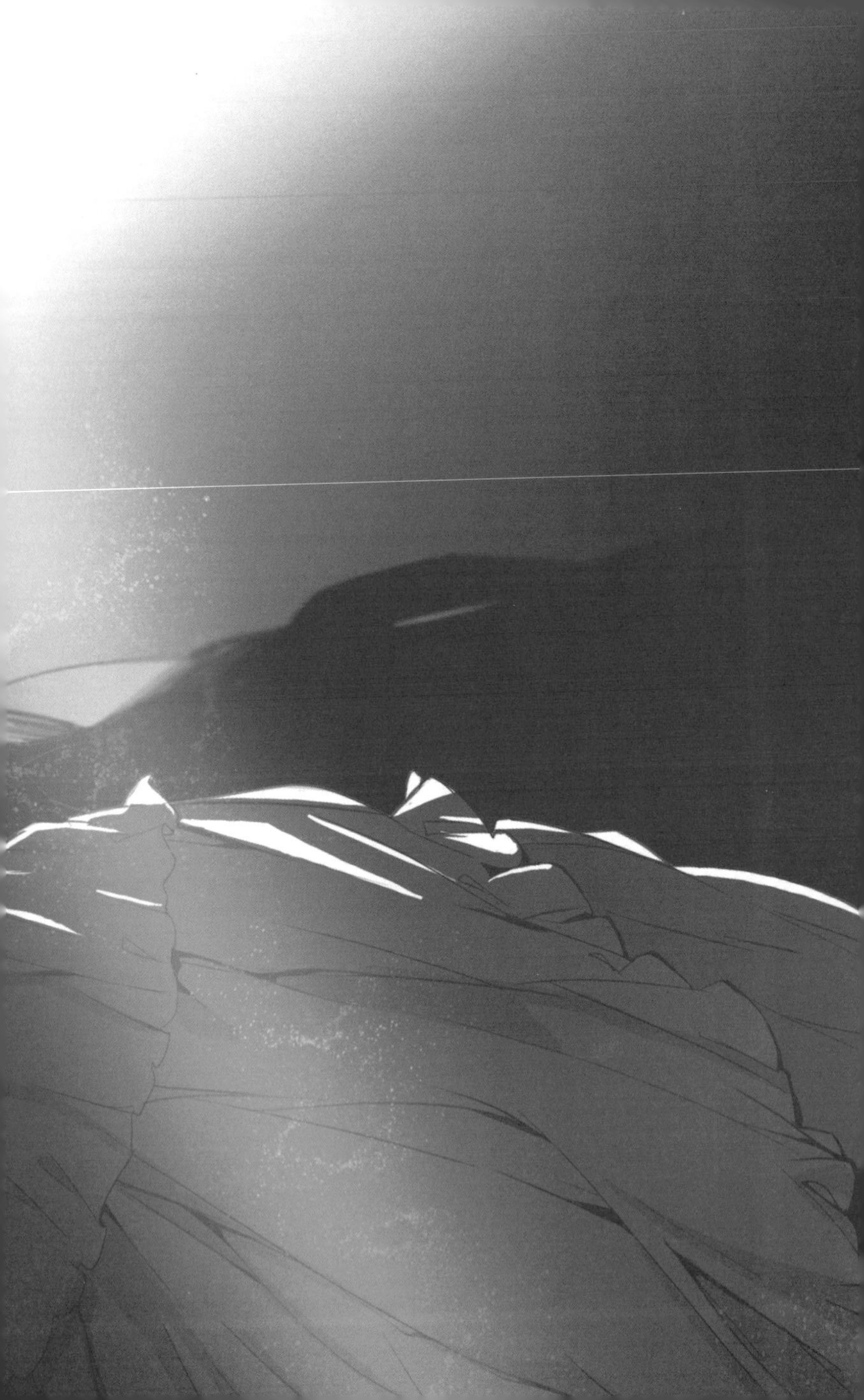

後記

就這樣，已向各位奉上《噬血狂襲》第四集。

出到第四集，這個系列也正式邁入第二年了。感覺作者每天仍然毫無長進地過著散漫的日子，但至少會致力於充實作品內容，往後還請大家多多指教。具體來說，會讓出刊的步調加快一些。總之盡力而為。

接著似乎得突然向各位表示歉意，主要是關於那月的待遇。其實在企劃階段，是敲定將這次故事的重心擺在那月身上，而她確實也擔負了重要角色，不過當事人最要緊的戲分……究竟為什麼會變成這樣呢？

當然，我想讀到最後的各位都看得出，單純是基於頁數因素才會變成這種形式。這次的故事有許多環節是為後面劇情埋下的伏筆，因此她的戲分會在下一集之後增加。無論如何，對於讀了電子報而期待那月活躍的各位讀者們，我真的感到相當抱歉。

附帶一提，「第四集的封面角色由那月擔任也可以喔。」——將我這句提議爽快地否決掉的是責任編輯。關於這部分的怨言請洽編輯部。

還有，我每次都會接到古城過得太春風得意的批評，所以這次格外費了心思（和過去相比），讓他在物理方面沒辦法跟人打情罵俏。

也許會因此給人不夠過癮的印象，但關於這部分我打算在下一集之後再做挽回。

那麼，如同本篇中也提過的，絃神島的波朧院節慶是以萬聖節為藍本。雖然最近可能並沒有這種傾向，其實直到幾年前搬到某市為止，我一直認為萬聖節帶著虛構的味道，印象中是不太有機會體驗的節日活動。和情人節之於不受歡迎的男生一樣，我曾認為那是只存在於娛樂媒體中的節慶。

然而，我現在住的某市卻是過萬聖節風氣相當興盛的城市，每年一到萬聖節時期，都有大量的角色扮演團體占據市中心，一會兒遊行，一會兒又有化裝的男童女童徘徊在住宅區討零食（兒童會活動）。該怎麼說呢？現實生活真是多采多姿——我受到這樣的衝擊。

希望能多少重現當時那種衝擊性，才開始下筆的波朧院節慶篇還有後續。應該說，接下來才是重頭戲，敬請期待。

那麼到了最後，這次同樣為本作提供了極富魅力的插畫的マニャ子老師，真的非常感謝

您。儘管我照例又提出「所有人都化裝」、「感覺要可愛」這種草率過頭的要求，導致作畫時的混亂，感謝您還是完成了出色動人的作品。還有以湯澤責編為首，所有製作、發行本書的相關人士，我由衷向各位表示謝意。

還有對讀完本書的各位讀者，我也要致上最高的感謝。

那麼，希望我們能在下一集再見。

三雲岳斗

Kadokawa Light Novels

殭屍少女的災難 1~2

作者：池端 亮　插畫：蔓木鋼音

不死之身的大小姐VS身手矯健的女中學生
超越人體極限的戰鬥就此展開！

我是楚楚可憐的侍女，艾瑪．V。從百年沉睡醒來的大小姐，發現秘石被偷走了。

其實我知道犯人是誰——只不過柔弱的我打不贏對方，這種野蠻的事還是交給大小姐吧。獻上既歡樂又血腥的奇幻輕小說！

各NT$160/HK$45

台湾角川

Kadokawa Light Novels

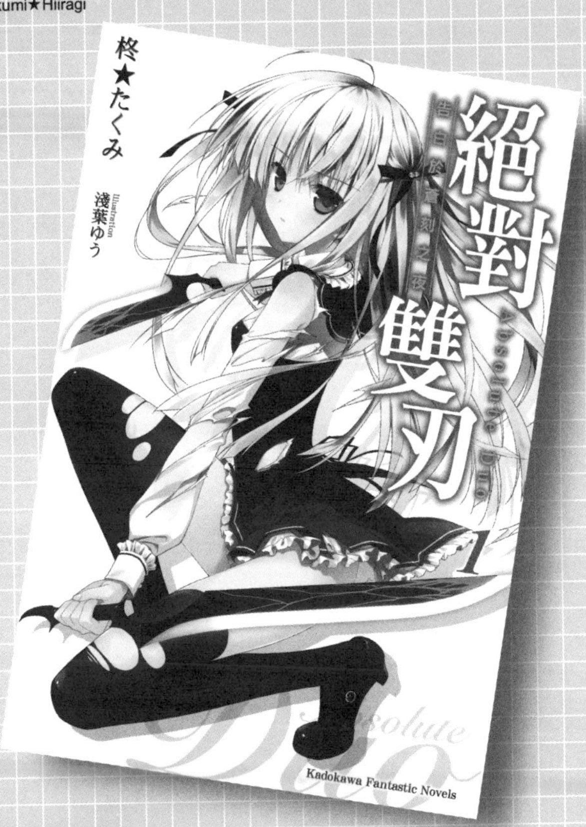

絕對雙刃 1 待續

Kadokawa Fantastic Novels

作者：柊★たくみ　插畫：淺葉ゆう

唯有和搭檔之間擁有羈絆，才能攫取未來。
學園戰鬥就此揭開序幕！

「焰牙」──那是藉由超化之後的精神力將自身靈魂具現化所創造出的武器。我因為擁有這種千中選一的能力，進入戰鬥技術學校就讀。然而，在學園中被稱為「絆雙刃」的搭檔制度之下，必須和銀髮美少女．茱莉整天都在同一個房間裡度過……!?

台湾角川

NT$180/HK$50

Kadokawa Light Novels

SHIDEN KANZAKI
神崎紫電
Illustration
鵜飼沙樹

BLACK BULLET
烈焰末日
黑色子彈
3

Kadokawa Fantastic Novels

黑色子彈 1~3 待續

作者：神崎紫電　插畫：鵜飼沙樹

防止原腸動物入侵的巨石碑瀕臨崩塌，
東京地區即將迎接毀滅危機!?

不久的未來，人類敗給病毒性寄生生物「原腸動物」，被驅逐至狹窄的領土，帶著恐懼與絕望苟且偷生。居住於東京地區的少年里見蓮太郎是對抗原腸動物的專家「民警」成員，專門從事危險的工作。某天接獲政府的高度機密任務，內容是避免東京毀滅……

各 **NT$180~220/HK$50~60**

Kadokawa Light Novels

KURO NO HIERA-GLAPHICOS
Colours the world, in this Fantasy Action
黑鋼的魔紋修復士
1
嬉野秋彥
URESHINO AKIHIKO
illustration ミユキルリア
Kadokawa Fantastic Novels

黑鋼的魔紋修復士 1 待續

作者：嬉野秋彥　　插畫：ミユキルリア

史上最妖豔的奇幻輕小說在此鄭重開幕！
見識刻印在純潔少女肌膚上的魔紋之力！

少女瓦蕾莉雅被任命為在「神聖同盟」僅有十二位、令人憧憬的「神巫」。刻印在她美麗肌膚上的「魔紋」必須託付給隨侍的紋章官，但她的紋章官是個性不佳的少年狄米塔爾。在各方面想法都有所衝突的兩人，還是被賦予第一份任務。

NT$190/HK$50

國家圖書館出版品預行編目資料

嗜血狂襲 4 蒼藍魔女的迷宮 / 三雲岳斗作；鄭人彥
譯.
-- 初版. -- 臺北市：臺灣國際角川, 2013.09
面； 公分-- （Kadokawa fantastic novels）

譯自：ストライク・ザ・ブラッド 4 蒼き魔女の迷
宮
ISBN 978-986-325-596-3（平裝）

861.57　　102015161

Kadokawa
Fantastic
Novels

噬血狂襲 4
蒼藍魔女的迷宮

（原著名：ストライク・ザ・ブラッド 4 蒼き魔女の迷宮）

2013年9月20日 初版第1刷發行
2021年10月29日 初版第6刷發行

作　者：三雲岳斗
插　畫：マニャ子
日版設計：渡邊宏一
譯　者：鄭人彥

發行人：岩崎剛人
總編輯：蔡佩芬
編　輯：孫千棻
美術設計：黃永漢
印　務：李明修（主任）、張加恩（主任）、張凱棋

發行所：台灣角川股份有限公司
地　址：104台北市中山區松江路223號3樓
電　話：（02）2515-3000
傳　真：（02）2515-0033
網　址：www.kadokawa.com.tw
劃撥帳戶：台灣角川股份有限公司
劃撥帳號：19487412
法律顧問：有澤法律事務所
製　版：巨茂科技印刷有限公司
ＩＳＢＮ：978-986-325-596-3